GOLDMANN

Buch

Wir leben im Zeitalter von Laser, Quarks und Weltraumforschung, wir werden überhäuft mit Informationen – und doch sind uns tausend Dinge des Alltags, mit denen wir täglich zu tun haben, noch immer ein unerklärliches Rätsel. Warum drehen sich Uhren eigentlich im Uhrzeigersinn? Wieso bekommen wir Weisheitszähne, die uns doch nur Ärger machen? Warum haben Männerfahrräder eine Stange? Und warum hat ein Golfplatz 18 Löcher – und nicht 17 oder 29? David Feldman geht all diesen Fragen auf so spannende und faszinierende Weise nach, daß viele Leser nicht nur in den USA gerade süchtig geworden sind nach seinen »Erklärungen aus dem Unerklärlichen«. In Deutschland wurden sie als wöchentliche Rubrik mit dem Titel »Warum ist die Banane krumm?« mit großem Erfolg in der ZEIT veröffentlicht und von zahllosen Lesern begeistert aufgenommen.

Autor

David Feldman studierte Soziologie und Kommunikationswissenschaften an der Bowling Green State University, Ohio. Er arbeitete lange Zeit für den amerikanischen Fernsehsender NBC. Heute ist er als Medienberater und Privatdozent tätig.

David Feldman

Warum ist die Banane krumm?

Erklärungen aus dem Unerklärlichen

Aus dem Amerikanischen
von Brigitte Reich
Überarbeitet von Irene Nießen

GOLDMANN VERLAG

Die Originalausgabe erschien unter dem Titel
»Why Do Clocks Run Clockwise?«
bei Perennial Library/Harper & Row, New York

Deutsche Erstveröffentlichung

Umwelthinweis:
Alle bedruckten Materialien dieses Taschenbuches sind
chlorfrei und umweltschonend.
Das Papier enthält Recycling-Anteile.

Der Goldmann Verlag
ist ein Unternehmen der Verlagsgruppe Bertelsmann

Umschlaggestaltung: Sebastian Raulf, Hamburg
Belichtung: Compusatz, München
Druck: Elsnerdruck, Berlin
Verlagsnummer: 42333
Redaktion: Irene Nießen
Lektorat: Anke Knefel
Herstellung: Sebastian Strohmaier
Made in Germany
ISBN 3-442-42333-3

3 5 7 9 10 8 6 4 2

Inhaltsverzeichnis

Schier Unlösbares
Neun ungeklärte Imponderabilien

1

WARUM umkreist ein Hund zunächst die Stelle, auf der er sich dann niederlegt?

Die gängigste und logischste Erklärung für dieses instinktive Verhalten lautet: In freier Wildbahn mußten sich die Tiere eine Schlafstelle oder einen Platz zum Ausruhen schaffen, wobei sie diesen mitunter inmitten von hohem Gras, Blättern und Steinen auswählten. Einige Experten meinen auch, daß Hunde durch das Umkreisen ein nur ihnen zugängiges Territorium markieren. Elizabeth Crosby Metz, eine Autorin von Hundebüchern, vermutet hinter dieser Gewohnheit folgendes:

> Das Tier versieht seinen Stammplatz mit seinem spezifischen Geruch, um andere Artgenossen zur Vorsicht zu mahnen: »Bleib weg, hier liege *ich!*«
> So habe ich als Züchterin viele Male beobachtet, daß Hundemütter häufig einen Platz umkreisen, bevor sie sich dort ausstrecken, um ihre zunächst blinden und tauben Neugeborenen zu füttern. Mit dem Setzen von Geruchsmarken geben sie den Welpen deutliche Signale, an denen sie sich orientieren können, wie weit sie von der Mutter entfernt sind. Denn schließlich: Wie anders als über den Geruchssinn sollen blinde, taube Hundebabys sonst sicher den Milchausschank finden?

Eingereicht von Daniel M. Keller aus Solana Beach, Kalifornien.
Gedankt wird ebenfalls: Joanna Parker aus Miami, Florida.

2

WENN nichts an Teflon haftet, wie kommt es dann, daß Teflon an der Pfanne haftet?

Wir geben diese Frage weiter an die Firma Du Pont, die das eingetragene Warenzeichen für Teflon und die inzwischen populärere Neuentwicklung Silverstone besitzt. Von Mister C. A. Quinn erhielten wir die Auskunft, daß der Vorgang des Auftragens bei beiden Beschichtungen sehr ähnlich vonstatten geht:

> Beim Anbringen von Silverstone in einer Bratpfanne wird deren Inneres zuerst mit Druckluft und grobem Sand aufgerauht, dann wird eine erste Lage Polytetrafluoräthylen (PTFE) aufgesprüht und gebrannt, der eine weitere Lage nach der gleichen Vorgehensweise folgt. Das Auftragen einer dritten Schicht schließt die Prozedur ab. So ungefähr das einzige, was an PTFE haftet – ist PFTE.
>
> Auf diese Weise bewirkt dieses Drei-Schicht-Verfahren eine untrennbare Verbindung zwischen den PTFE-Schichten.

Du Pont hat vor kurzem Silverstone Supra vorgestellt, ebenfalls eine Drei-Lagen-Beschichtung, deren Haltbarkeitsdauer im Vergleich zu Silverstone verdoppelt wurde.

Eingereicht von Anthony Virga aus Yonkers, New York.

3

WARUM ist die Punktezählweise beim Tennis so sonderbar?

Tennis, wie wir es heute kennen, ist knapp über hundert Jahre alt. Ein Waliser, Major Walter Clopton Wingfield, erfand das Spiel, um seinen Gästen, die sich aus Anlaß einer Fasanenjagd eingefunden hatten, auf den Rasenflächen seines Anwesens etwas Abwechslung zu bieten. Sehr schnell übernahm der Wimbledon Cricket Club die neue Sportart, und seine Mitglieder bevölkerten wieder die Rasenplätze, die brachlagen, nachdem Krocket seit dem späten achtzehnten Jahrhundert an Popularität verloren hatte.

Jedoch war das Spiel schon lange Zeit vorher in anderen Formen bekannt. Das Wort »Tennis« tauchte erstmalig 1399 in einem Gedicht von John Gower auf, und bei Geoffrey Chaucer ist 1380 die Rede von einem »Rakettspiel«.

»Court-Tennis« (das »wahre« Tennis), dessen Anfänge sich bis ins Mittelalter zurückverfolgen lassen, hatte in Heinrich VIII. einen begeisterten Anhänger. Es wurde als Hallenspiel auf einem asymmetrisch angelegten Spielfeld mit einem schrägen Dach darüber, einem harten Ball und asymmetrischen Schlägern praktiziert. Diesem ausgeprägten Herrensport widmen sich heute nur noch einige eingefleischte Enthusiasten auf einer Handvoll Plätze weltweit.

Die eigenartige Punktezählweise unseres modernen »Lawn-Rasen-Tennis« ist eindeutig vom Court-Tennis übernommen, das sich mit seinem Fünfzehn-Punkte-System nur wenig vom uns bekannten Spiel unterscheidet: Jeder gewonnene oder verlorene Punkt in einem Spiel wurde mit 15 bewertet – »15-30-45-Spiel« im Gegensatz zum heutigen »15-30-40-50-Spiel«. Anstatt der gegenwärtig drei oder fünf ausgetragenen Sätze mit jeweils sechs Spielen bestanden Court-Tennis-Spiele aus sechs Sätzen mit jeweils vier Spielen.

Die gängigste Theorie zur Erklärung des merkwürdigen Punktesystems beruht auf der intensiven Beobachtung des Himmels durch die Europäer, wobei insbesondere der Sextant (ein Sechstel eines Kreises) als Meßgerät eine Rolle spielte.

Ein Sechstel eines Kreises ergibt 60 Grad (die Anzahl der Gewinnpunkte in einem Spiel). Da der Spieler im Court-Tennis sechs Sätze mit jeweils vier Spielen bestreiten muß – also maximal 24 Punkte erlangen kann – und jeder Punkt mit 15 bewertet wird, endet das Spiel, wenn der Gewinner einen (symbolischen) Kreis von 360 Grad (24 x 15) »geschlossen« hat.

Aus den Schriften des Italieners Antonio Scaino wird ersichtlich, daß sich die »Sextanten-Zählweise« von 1555 endgültig durchgesetzt hatte. Steht es im modernen Tennis nach dem sechsten Punkt unentschieden, so wird diese Spielsituation im englischen Sprachraum als »deuce« bezeichnet. (Übrigens kannten die Italiener schon im sechzehnten Jahrhundert ein Äquivalent, *a due*- mit anderen Worten: zwei Punkte benötigte man noch, um das Spiel zu gewinnen.)

Irgendwann im Laufe der Entwicklung nahm man bei der »geometrischen« Zählweise der einzelnen Spielpunkte eine Veränderung vor: Den dritten Punkt (bis dahin 45) zählte man nun nur noch mit 40. Der *Offiziellen Tennis-Enzyklopädie* zufolge sollte damit vermutlich eine Verwechselungsgefahr ausgeräumt werden beim lauten Mitzählen des Punktestandes, da »forty« (»vierzig«) mit keiner anderen Zahl zu verwechseln war.

Als sich abzeichnete, daß das Rasentennis sich in der Gunst der Spieler gegenüber dem traditionellen Spiel durchsetzen würde, begann eine erbitterte Debatte um die Festlegung von Regeln und Zählverfahren. Der älteste Dachverband der Vereinigten Staaten, die »U. S. National Law Tennis Association« (USNLTA), trat das erste Mal 1881 zusammen, um ein landesweit gültiges Regelwerk zu erarbeiten, denn bis dahin hatten nahezu alle Tennisclubs ausschließlich individuelle Punktesysteme praktiziert. Der Tennisverband machte der Konfusion ein Ende, indem er umgehend die englische Zählweise übernahm – was ihm anfänglich eine Vielzahl von verwirrten und verständnislosen Tenniszuschauern einbrachte.

Es gab in der Folgezeit zahlreiche Versuche, das Punktesystem zu vereinfachen, um neue Fans zu gewinnen. Die »World Pro Championship League« beispielsweise übernahm vom Tischtennis die 21-Punkte-Spielweise, vermochte sich jedoch damit nicht durchzusetzen.

Die vielleicht einschneidendste Änderung des Punktesystems in diesem Jahrhundert war der »Tie-Breaker«. Die »Middle States Section« des »US-Tennisverbandes« experimentierte aber 1968 mit Entscheidungsspielen im K.-O.-System, nach denen erstmalig in der Geschichte des modernen Tennis ein Spieler einen Satz verlieren konnte, obwohl er zuvor alle seine regulären Aufschlagspiele zu seinen Gunsten entschieden hatte.

Die Profis übernahmen den »Tie-Breaker« 1970, und heute gehört er zum Austragungsmodus fast jeden Turniers.

Eingereicht von Charles F. Myers aus Los Altos, Kalifornien.

4

WARUM haben die Menschen den größten Teil ihrer Körperbehaarung verloren?

Diese Frage beschäftigt Anthropologen schon seit langem. Bei den meisten behaarten Lebewesen dienen die Haare, das Fell, dem Zweck, die Körpertemperatur aufrechtzuerhalten. Demnach dürften die Gründe, warum der Mensch eine dermaßen wertvolle Form der Isolierung aufgegeben hat, keineswegs trivial sein. Einige der logischsten Erklärungen, mit denen man den Verlust der menschlichen Behaarung als sinnvoll darzulegen versuchte, sind neben Desmond Morris' Buch »Der nackte Affe« die nachfolgend aufgeführten:

Nach dem weitestgehenden Verlust der Behaarung sah sich der primitive Mensch in der Lage, mit den Unmengen von Hautparasiten, von denen er geplagt wurde, besser fertig zu werden. Solche Parasiten waren mehr als eine Plage: Sie übertrugen viele potentiell gefährliche Infektionskrankheiten. So sinnvoll diese Theorie auch ist, erklärt sie nicht, warum andere Verwandte des Menschen, die ebenfalls von derartigen Quälgeistern befallen wurden, sich nicht ähnlich entwickelt haben.

Nackte Haut war möglicherweise eher ein soziales als ein funktionelles Kriterium. Die meisten Arten aus dem Tier- und Pflanzenreich haben im Laufe der Evolution Merkmale entwickelt, die sie von anderen Arten unterscheiden – eben laut Desmond Morris »Erkennungsmerkmale«. In diesem Falle jedoch stellt der Haarverlust einen weit drastischeren Schritt dar, als er notwendig wäre, um die Menschen von anderen Lebewesen zu unterscheiden.

Die Aufgabe oder Rückbildung der Behaarung könnte ihre Ursache in Sexualität und Fortpflanzung haben. Das männliche Säugetier ist in der Regel behaarter als sein weibliches Pendant. Diese Art von physiologischem Unterschied macht, was die Sexualität betrifft, das eine Geschlecht für das andere attraktiver. Morris erwähnt ebenfalls, daß entblößte Haut die sexuelle Erregung steigert – denn ohne Fell intensiviert sich die Empfindungsfähigkeit des Tastsinns.

Einige Anthropologen glauben, daß, bevor die Menschen ihren Jagdtrieb entwickelten und in den Savannen Ostafrikas auf Beutetiere pirschten, unsere Altvordern eine Phase als Wasserlebewesen durchmachten, die sich ihre Nahrung bevorzugt an den tropischen Meeresküsten suchten. Die fehlende Behaarung brachte den Vorteil, daß die Menschen aufgrund einer stromlinienförmigeren Form die Fähigkeit des Schwimmens erlernten und effektiver durchs Wasser waten konnten. Das ist auch eine mögliche Erklärung für unseren reichlichen Haarwuchs auf dem Kopf: Während der ausgiebigen Suche nach Eßbarem im Wasser war ein Schutz vor den Sonnenstrahlen vonnöten. Der »Wassermensch«-Theorie zufolge wandten sich unsere Vorfahren vom Wasser erst ab, als sie über die notwendigen Geräte für die Jagd auf festem Boden verfügten.

Auch wenn es diese Zeitspanne des Am-und-Im-Wasser-Lebens gar nicht gegeben hat, so half die unbehaarte Haut den Menschen, ihre Körpertemperatur besser zu regulieren, nachdem sie die Wälder verlassen hatten und sich der Nahrungssuche in Form von Jagen und Sammeln widmeten. Morris stellt diese Theorie in Frage: Schließlich haben andere Säugetiere einen ähnlichen Wechsel ihres Lebensraums vollzogen, ohne daß dies eine Veränderung ihres Fells bewirkt hätte. Außerdem sah sich der Mensch als negative Folge seiner nun ungeschützten Haut den Sonnenstrahlen ausgesetzt.

Der Mangel an Körperhaaren schützte den primitiven Menschen vor Überhitzung beim Jagen, hier in erster Linie bei der Verfolgung von Beutetieren. Dies ist Morris' bevorzugte Theorie. In dem Maße, in dem sich unsere Vorfahren zu Jägern entwickelten, erhöhte sich auch ihre körperliche Leistungsfähigkeit. Dadurch, daß sich ihr schwerer Haarpelz zurückbildete und sich gleichzeitig die Anzahl der Fett- und Schweißdrüsen am ganzen Körper vermehrte, waren die Menschen in der Lage, nach einem Dauerlauf schneller und effizienter abzukühlen. Schweißdrüsen konnten ihre kühlende Funktion weniger gut ausüben, wenn ein Fell die Ausdünstung verhinderte.

Wenngleich wir inzwischen Lichtjahre von den Problemen unserer primitiven Vorfahren entfernt sind, glaubt Morris dennoch, daß die menschliche Erbanlage immer den Versuchen, unser Niveau weiterhin zu erhöhen, entgegenwirken wird. »Die Gene (des Menschen) werden nicht mithalten können, und er wird immer daran erinnert werden, daß er trotz aller [...] Errungenschaften in seinem Herzen immer noch ein sehr nackter Affe ist.«

Eingereicht von Sean S. Gayle aus Slidell, Louisiana.

5

WARUM bekommt man im Gesicht keine Gänsehaut?

Über diese Tatsache sollten wir uns eigentlich alle freuen, denn sie zählt zu den wenigen Merkmalen, die uns vom Schimpansen unterscheiden.
Lediglich die behaarten Teile unseres Körpers werden dann und wann von einer Gänsehaut überzogen. Wie Sie den vorhergehenden Ausführungen entnehmen konnten, bezweckt die Körperbehaarung vor allem, uns die Kälte vom Leib zu halten. Doch wenn unsere Haare nicht genug Schutz bieten, ziehen sich die kleinen Muskeln ganz unten am Haar zusammen, so daß dieses sich aufrichtet. Bei Tieren, deren Körper mit Fellen bedeckt sind, bilden die aufgerichteten Haarsträhnen ein isolierendes Geflecht. Die kalte Luft wird vom Haar größtenteils absorbiert, bevor sie bis zur empfindlichen Haut vordringen kann. Auf diese Weise »prallen« niedrige Temperaturen am Tierfell nahezu ab.
Obwohl die Menschen den größten Teil ihrer Körperbehaarung verloren haben, setzen bei Kälte dennoch die gleichen Muskelkontraktionen als Reaktion auf das veränderte Umfeld ein. Alles, was wir anzubieten haben, um den Elementen zu trotzen, sind einige dünne Haarbüschel und etliche Hautwülste, die das aufgerichtete Haar unterstützen und die nun die Hauptlast der Kälteabwehr zu tragen haben. Wenn ein männlicher

Löwe »Gänsehaut« bekommt, wirkt er durch sein gesträubtes Fell furchterregend; wir dagegen erscheinen bemitleidenswert und verletzlich.

Eingereicht von Pam Cicero aus Madison, Ohio.

6

WARUM wurde früher in manchen Ortschaften auf vereisten Straßen Salz gestreut und in anderen Sand?

Daniel Gabriel Fahrenheit, der die nach ihm benannte Temperaturskala entwickelte, entdeckte, daß Salz mit Eis vermischt (bei einer Temperatur knapp unter dem Gefrierpunkt) eine Lösung ergibt, deren Gefrierpunkt niedriger liegt als jener von Wasser allein. Daher bringt Salz Schnee und Eis zum Schmelzen. Die meisten Ortschaften wußten sich in der Vergangenheit nicht anders als mit Salz zu helfen, um ihre Straßen und Bürgersteige zu enteisen. Obwohl mit der Zeit eine Anzahl von Chemikalien entwickelt wurde, die Eis zum Schmelzen bringen, bleibt Salz die bei weitem billigste Alternative.

Jedoch haben ökologische Probleme die Behörden veranlaßt, das Streuen von Salz gänzlich zu unterbinden, denn es verursacht Korrosionsschäden an Fahrzeugen, Bürgersteigen, Brücken und an ungeschütztem Stahl in Brückengeländern und anderen Einfassungen. Außerdem wirkt es sich auch schädlich auf tierische und pflanzliche Organismen aus.

Die Effektivität von Salz als Enteiser ist allerdings begrenzt. So wurde es früher vorwiegend in Gegenden mit einer hohen Verkehrsdichte angewendet; fehlt ein hohes Verkehrsaufkommen, das eine ausreichende Vermischung von Eis und Salz gewährleistet, können Eisplatten entstehen. Unterhalb von etwa minus vier Grad Celsius ist Salz nicht besonders wirkungsvoll, weil sich Eis dann so schnell bildet, daß das Salz keine Chance hat, den Gefrierpunkt zu senken. Und wenn Salz nur auf die Eisoberfläche gestreut wird, ist ein ausreichender »Rutschschutz« weder für Fahrzeuge noch für Fußgänger garantiert.

Sand hingegen sorgt für eine hervorragende Griffigkeit auf den Straßen, wenn er mit den Autoreifen in Berührung kommt. Er wird entweder offen auf die Eis- oder Schneedecke gestreut oder mit Matsch oder Schnee vermischt. Außerdem ist seine Wirkung vom jeweiligen Verkehrsaufkommen – ob hoch oder niedrig – völlig unabhängig; und schließlich schadet er der Vegetation, den Fahrzeugen oder Straßen kaum oder gar nicht und ist spottbillig.

Das Streuen von Sand birgt lediglich einen Nachteil: Es bringt weder Schnee noch Eis zum Schmelzen. Einige Ortschaften haben in der Vergangenheit mit Mischungen von Sand und Salz experimentiert. Tatsächlich enthält der Sand, der auf Bürgersteige gestreut wird, häufig etwas Salz, das das Gefrieren des Streuguts zu Klumpen verhindern soll, wenn es mit Schnee vermischt wird.

Eingereicht von Daniel T. Placko jr. aus Chicago, Illinois.

7

WELCHEM Zweck dient die Kugel auf der Spitze eines Fahnenmastes?

Laut Dr. Whitney Smith, der das Flaggenforschungszentrum in Winchester, Massachusetts leitet, ist die Kugel manchmal ein Bestandteil des Mechanismus, der das Hissen und Einholen der Fahne ermöglicht; doch dies beruht auf einer reinen Zufälligkeit. Zu unserer Überraschung erfuhren wir, daß die Kugel oben auf einem Fahnenmast ausschließlich Dekorationszwecken dient. Die ersten fahnenähnlichen Objekte waren Embleme – etwa ein Tier oder eine geschnitzte Figur –, die als Erkennungs- oder Herrschaftssymbol an einem Mast angebracht wurden. Flatternde Bänder unterhalb dieser Insignie fungierten als schmückendes Beiwerk. Dr. Smith zufolge kehrte sich die Bedeutung von beidem in der Folgezeit um: Die Bänder wurden durch mit Zeichen und Symbolen versehene Stofftücher, die Fahnen, ersetzt, und das obere Ende des Mastes erhielt eine Verzierung: entweder in Gestalt einer Kugel oder, als eine der gebräuchlichsten Alternativen, in Form einer Spitze beziehungsweise (besonders in den Vereinigten Staaten) eines Adlers.

George F. Cahill von der National Flag Foundation glaubt, daß ein Mast ohne Verzierung als Abschluß nicht so angenehm fürs Auge ist. Speerspitzen sehen auf feststehenden Masten nicht so gut aus, und Adler sind,

obgleich optisch reizvoller, in der Herstellung teurer als Kugeln oder Spitzen. Cahill nennt noch einen weiteren Vorteil der Kugel: »Beim Transport von Masten besteht durch die Spitzen eine Gefährdung nicht nur für Mensch und Tier, sondern auch für Holz und Putz, während ein Adler sperrig ist und leicht abbrechen kann. Eine Kugel sorgt für einen sicheren und auch angenehm aussehenden Abschluß des Mastes.«
Wir vermuteten, daß sich Vögel möglicherweise nicht so gerne auf Kugeln niederlassen wie auf flachen Landeflächen und die Fahne solchermaßen vor einer weniger willkommenen Form der Verzierung geschützt wird. Aber Cahill versicherte uns, daß Vögel es lieben, auf Fahnenmastkugeln zu sitzen.
Uns sind diese Kugeln als ästhetische Objekte zuvor niemals in den Sinn gekommen, aber als *objets d'art* könnte man sie schon bezeichnen.

8

WAS bedeutet dieses Schniefen bei Boxern, wenn sie die Fäuste schwingen?

Wenn Sie aufmerksam der Übertragung eines Boxkampfes lauschen oder die Mikrofone in der Nähe des Boxrings angebracht sind, so werden Sie jedesmal, wenn einer der beiden Kontrahenten eine Faust vorschnellen läßt, ein schniefendes Geräusch hören. Dieser Laut ist vielen Boxexperten als »Schnauben« bekannt.

Dabei handelt es sich um nichts anderes als um Ausstoßen von Atemluft. Die richtige Atemtechnik ist ein integraler Bestandteil der meisten Sportarten, und nahezu jedem guten Boxer wird beigebracht, beim Austeilen von Haken und Schwingern stoßweise (gewöhnlich durch die Nase) auszuatmen. Scoop Gallello, leitender Funktionär eines internationalen Boxverbandes, sagte uns, daß ein Boxer »das Gefühl hat, es steckt mehr Wucht hinter seinem Schlag«, wenn er schnaubt. Gallello fügt hinzu: »Ob das tatsächlich der Fall ist, dürfte allerdings fraglich sein.«

Robert W. Lee, Präsident und Bevollmächtigter der International Boxing Federation, vermutete, daß das Schnauben einen Boxer befähigt, »seine ganze Kraft in den Schlag zu legen«. Ich bin mir nicht sicher, ob da was Wahres dran ist, aber diejenigen, die sich im Boxen wesentlich besser auskennen als ich, sind von dieser

Trainingsmethode noch nicht abgewichen, und ich glaube fast, daß es sich irgendwie auswirkt.
Je mehr wir dieser Frage nachgingen, desto erstaunter waren wir über die Unsicherheit der Experten, was die Effizienz des Schnaubens betrifft. Donald F. Hill, Geschäftsführer der International Amateur Boxing Association (IABA), des Dachverbandes der Amateurboxer und des olympischen Boxsports weltweit, bemerkte: »Während das Ausatmen bei der Ausübung kraftvoller und aerobischer Bewegungsabläufe eine wichtige Rolle spielt, hat es bei der Boxtechnik nicht diese entscheidende Bedeutung, aber im Prinzip ist es das gleiche.« Jeder, der einmal ein Jane-Fonda-Video angeschaut hat, erkennt sofort die Wichtigkeit von richtigem Atmen während der Aerobic-Übungen. Zu körperlichen Übungen von so unterschiedlichem Charakter wie Gewichtheben und Yoga gehört die Technik der bewußten Ein- und Ausatmung. Aber warum kann keiner der Fachleute erklären, warum oder ob das Schnauben dem Boxer wirklich hilft?
Im Boxen legt man stärker als bei anderen Sportarten mehr Gewicht auf althergebrachte Trainingsmethoden als auf wissenschaftliche Forschungsergebnisse. Während den meisten Nachwuchsboxern weiterhin das Schnauben beigebracht wird, besteht offensichtlich wenig Übereinstimmung darüber, ob das plötzliche Ausstoßen der Atemluft tatsächlich Energie konserviert oder verbraucht.

9

WARUM sehen wir nirgends den abgetragenen Asphalt, wenn auf der Straße ein Schlagloch entsteht ?

Natürlich setzt die endlose Reihe von Autos und Lastzügen dem Straßenbelag zu, aber die eigentliche Verursacherin von Schlaglöchern ist die Feuchtigkeit. Schlaglöcher entstehen meistens dann, wenn Nässe in die Schichten des Belags eindringt. Zusammen mit den besonders im Frühjahr kontrastierenden Phasen von Frost- und Tauwetter sowie den Einwirkungen verschiedener Chemikalien weicht Feuchtigkeit den Asphalt von innen heraus auf.

Eugene W. Robbins, der Präsident eines texanischen Transportverbands, erklärte uns kurz und bündig das Phänomen des »fehlenden Asphalts«: »Wenn sich ein Schlagloch bildet, bricht das Material ein und bröckelt ab; es wird durch Fahrzeugreifen pulverisiert und von der Fahrbahn gefegt oder vom Wind weggeblasen beziehungsweise vom Regen weggewaschen.«

Eingereicht von Chuck Appeldoorn aus Woodbury, Minnesota.

10

WARUM schwellen die Füße in Flugzeugen so stark an?

Wir sprachen mit zwei Spezialisten der Flugmedizin, die uns versicherten, daß etwaige atmosphärische Veränderungen in Flugzeugen auf keinen Fall für eine Schwellung der Füße verantwortlich sind. Dies ist einzig und allein auf den gleichen Grund zurückzuführen, der die Beschwerden auch auf dem Erdboden verursache: nämlich Untätigkeit.

Unser Herz ist nicht das einzige Organ im Körper, das wie eine Pumpe arbeitet; auch die Beinmuskeln unterstützen beim Gehen oder Beugen den Pumpeffekt. In einem Flugzeug ist man nicht nur in seiner Bewegungsfähigkeit eingeschränkt, sondern man muß zusätzlich eine Sitzhaltung einnehmen, in der die Beine sich senkrecht zum Boden befinden. Verharrt man in einer solchen Haltung über längere Zeit, so sammelt sich mit Unterstützung der Schwerkraft Blut und andere Flüssigkeit in den Füßen.

Es macht kaum einen Unterschied, ob man in Phasen der Untätigkeit die Schuhe anbehält oder nicht. Wenn man sie anläßt, stützen sie zwar von außen, jedoch hemmen sie auch die Durchblutung, engen ein – und verhindern auf keinen Fall das Anschwellen der Füße. Ohne Schuhe fühlt man sich wohler, aber um anschließend wieder hineinzuschlüpfen, ist einige Mühe vonnöten,

und die wenigsten von uns nehmen einen Schuhanzieher mit ins Flugzeug.
Das Ansammeln von Flüssigkeit in den Füßen kann sich ebenso leicht im Bus, im Zug oder im Büro ereignen. Bei den meisten Leuten schwellen die Füße im Laufe eines Tages an. Deshalb empfehlen Orthopäden, Schuhe nachmittags zu kaufen, damit die Größe stimmt.
Wenn das Anschwellen der Füße für Sie zu einem Problem wird, verschaffen Sie sich – zumindest in einem Großraum-Jet – etwas Bewegung. Einige Runden durch die Sitzreihen bewirken Wunder für Ihre Füße.

Eingereicht von Christal Henner aus New York, New York.

11

WARUM gibt es auf Gehwegen so viele Ameisen?

Mit Hilfe von Insektenforschern und Schädlingsbekämpfungsexperten gingen wir dieser Frage nach.
Einige Ameisenarten nisten bevorzugt zwischen oder unter den Platten von Bürgersteigen, Steinen oder anderen harten Oberflächen.
John S. Suarez, ein amerikanischer Fachmann auf dem Gebiet der Schädlingsbekämpfung, hat folgendes herausgefunden: »Viele Leute werfen auf Gehwegen achtlos Einwickelpapier von Süßigkeiten, Fast-food-Behälter und Getränkeverpackungen weg.« Ameisen sind bekannt für ihre Betriebsamkeit – und sie sind nicht dumm. Also lassen sie sich derartige Angebote, die zudem nicht mit irgendwelchen Anstrengungen verbunden sind, keinesfalls entgehen.
Ameisen hinterlassen Pheromone, eine Duftspur, die von ihrem Nest zu den Futterplätzen führt und die ihnen unter anderem die Orientierung auf den Bürgersteigen, ihren häufigen Nahrungsfundgruben, erleichtert. Dabei brauchen sie lediglich den Geruchsmarken ihrer Kundschafter zu folgen.
Die Steinplatten der Gehwege absorbieren und speichern Sonnenstrahlen. Da Ameisen nun mal kein »Fell« haben, sind sie auf Wärme angewiesen.
Am meisten verbreitet ist die Erklärung: Schwarze

Ameisen sind auf hellen Bürgersteigen ganz einfach besser zu erkennen als im Gras oder auf erdigem Boden. Die Tatsache, daß Sie in Ihrem Garten die lieben Tierchen nicht sehen, darf Sie jedoch nicht zu dem Glauben verleiten, daß dort auch keine seien. SIE SIND ÜBERALL.

Eingereicht von Daniel T. Placko aus Chicago, Illinois.

12

WARUM riechen Hunde seltsam, wenn sie naß werden?

Da ich einmal einen Biberpelzmantel besaß, der in feuchtem Zustand roch wie eine Männerumkleidekabine, nahmen wir an, daß eine Beantwortung dieser Frage im Zusammenhang mit dem Fell des Hundes erfolgen würde. Aber alle Experten, mit denen wir sprachen, erklärten übereinstimmend, daß der merkwürdige Geruch eher auf Hautprobleme von Hunden zurückzuführen ist.

Zunächst einmal verströmen nicht alle Hunde jene strengen Ausdünstungen, wenn sie naß werden. Shirlee Kalstone, Autorin mehrerer Bücher über Pflege und Aufzucht von Hunden, meint, daß bestimmte Rassen aufgrund ihrer Anfälligkeit für Hautleiden besonders betroffen sind. Als Beispiele führt sie Cockerspaniel (wegen ihrer Neigung zu Seborrhöe) und Terrier (hier vor allem Scotchterrier) an. Jeffrey Reynolds, ein weiterer Experte, fügt hinzu, daß schon harmlose Hautausschläge und -irritationen häufig den Körpergeruch von Hunden verursachen, der durch Wasser lediglich verstärkt wird. Aufgrund seiner Erfahrung sind Schnauzer besonders empfänglich für Hautirritationen.

Natürlich riechen Hunde gelegentlich, wenn sie naß werden – weil sie sich zuvor beispielsweise im Schmutz gewälzt haben. Mit regelmäßigem Baden und Pflegen läßt sich normalerweise, laut Kalstone, das Geruchsproblem beseitigen. Geben Sie also nicht der Feuchtigkeit die Schuld, sondern suchen Sie sie beim Besitzer.

Eingereicht von Robert J. Abrams aus Boston, Massachusetts.

13

WARUM haben Ketchup-Flaschen so enge Hälse, daß kein Löffel hineinpaßt?

Die US-Firma Heinz hat seit mehr als einem Jahrhundert den Ketchup-Markt der westlichen Welt so fest im Griff, daß die Geschichte der Ketchup-Flaschenhälse wohl eher eine Geschichte der Heinz-Ketchup-Flaschenhälse sein dürfte. Obwohl man bei Heinz heute stolz ist auf die *Schwierigkeit,* die das Ausgießen des ziemlich dickflüssigen Ketchups bereitet, war das ironischerweise nicht immer so.

Als Heinz-Ketchup 1876 zum erstenmal in den Lebensmittelregalen auftauchte, war die Konsistenz des Tomatensirups deutlich dünnflüssiger. Also entwickelte man für ihn eine achteckige Flasche, deren enger Hals das Ausfließen behindern sollte. Bis dahin waren die meisten Gewürze in Tontöpfen oder in Flaschen verkauft worden, die scharf eingeschnittene Rillen aufwiesen und aufgrund dessen schlecht festgehalten werden konnten.

In den letzten Jahrzehnten hat sich die eigentliche Form der Heinzschen Ketchup-Flasche nur wenig verändert. Das Exemplar von 1914 sieht dem derzeitigen sehr ähnlich. Und die 400-Gramm-Flasche, die 1944 eingeführt wurde, ist identisch mit der, die wir heute benutzen. Bei Heinz war man sich, als man die Produktion eines dickflüssigeren Ketchups in Angriff nahm, durchaus darüber im klaren, daß der charakteristische enge

Flaschenhals Probleme bereiten könne. Aber die Verantwortlichen wußten ebenfalls, daß die Konsumenten die »gehaltvollere« Version mittlerweile zwar bevorzugten, sich jedoch allen Bemühungen widersetzten, die auf eine Umgestaltung der inzwischen gewohnten Verpackung abzielten.

Dennoch versuchte man in den sechziger Jahren, das Problem mit der Entwicklung einer 340-Gramm-Flasche, deren Charakteristikum ein weit offener Hals war, in den Griff zu bekommen. Gary D. Smith von der Presseabteilung des Ketchup-Herstellers sagte uns, daß dieses Exemplar, dessen Hals ohne weiteres einen Löffel aufnehmen konnte, das »am wenigsten populäre Mitglied der Heinz-Ketchup-Familie« sei. Er fügte hinzu, daß Heinz »heftige und leidenschaftliche Reaktionen bei der kleinen Gruppe treuer Konsumenten, die es genießen, ihren Ketchup aus der ›offenen Flasche‹ zu löffeln«, auslösen würde, wenn man deren Produktion einstellte.

1983 hob Heinz Plastikflaschen zum Ausquetschen aus der Taufe, was nicht nur das Problem des Ausgießens löste, sondern auch jenes der Zerbrechlichkeit beseitigte. Das 1,8-Kilogramm-Monstrum hat trotz seiner Größe immer noch einen relativ engen Flaschenhals.

Bis 1888 waren die Heinz-Flaschen mit einem Korken versiegelt. Das Halsband oben auf der Flasche hatte ursprünglich die Aufgabe, eine Folienkappe eng anliegend an den Korken und das Siegelwachs zu halten. Obwohl es mit dem Aufkommen der Schraubverschlüsse überflüssig wurde, behielt man es als Erkennungszeichen von Heinz-Ketchup bei.

Eingereicht von Robert Myers aus Petaluma, Kalifornien.

14

WER war der oder die Emmy, wonach der gleichnamige Preis benannt wurde?

Die Frage muß richtiger lauten: Nicht wer, sondern was? Im Gegensatz zu den weltberühmten Theater- (Tony) und Filmpreisen (Oscar) diente dem Emmy keine Person als Vorbild. 1948 rief Charles Brown, der Präsident der angehenden US-Akademie für Kunst und Wissenschaft im Fernsehen, ein Komitee ins Leben, das außergewöhnliche TV-Produktionen jenes Jahres mit einem Preis auszeichnen sollte. Dessen Benennung und Gestaltung standen jedoch noch offen.

Zu Anfang gingen hauptsächlich technische Begriffe als Namensvorschläge ein. »Ionoscope« (eine große Orthikon-Bildröhre) war ein früher Favorit, aber das Komitee befürchtete, daß sich daraus die Abkürzung »Ike« (Spitzname des späteren US-Präsidenten Dwight D. Eisenhower) ergeben könnte. Ebenso fand »Tilly« (für »Television«) keine Zustimmung. Schließlich setzte sich Harry Lubcke, ein Pionier der Fernsehtechnik und späterer Präsident der Akademie (1949–1950), mit »Emmy« durch, einem Spitznamen für die Orthikon-Bildröhre (einer Schaltungsanordnung nach dem neuesten Stand der Technik zu jener Zeit).

Die Statue selbst gestaltete Louis McManus, der mit einer lebenslangen Mitgliedschaft in der Akademie und der Überreichung einer der sechs Statuetten anläßlich der ersten Emmy-Preisverleihung am 25. Januar 1949 geehrt wurde. Angeblich habe er dabei gesagt: »Louis, hier ist es . . . unser Baby. Sie wird noch hier sein, lange nachdem wir abgetreten sind.« Er sollte recht behalten.

15

WARUM bekommen Hunde nach längerem Bellen keine Kehlkopfentzündungen, Halsschmerzen, Stimmveränderungen und dergleichen?

Anläßlich einer Talkshow wurden wir mit dieser Frage konfrontiert, die uns ein Anrufer stellte. In seiner Nachbarschaft hatte ein Hund, offensichtlich alleingelassen, ohne Unterbrechung stundenlang gebellt. Warum tut dies dem Hals des Hundes nicht ebenso weh wie den Ohren des Zweibeiners?

Wir wandten uns an verschiedene Tierärzte, und einige sahen sich zu keiner plausiblen Erklärung imstande: Die übereinstimmende Antwort der anderen wird am besten von William E. Monroe, einem Tierarzt am Amerikanischen College für Veterinärmedizin, zusammengefaßt:

> Hunde bekommen gelegentlich Kehlkopfentzündungen, und auch ihre Stimme kann sich durch exzessives Bellen verändern. Dies ist bei ihnen allerdings nicht so verbreitet wie bei Menschen, die permanent schreien, da Hunde nicht über die fein ›abgestimmte‹ motorische Kontrolle des Larynx (Kehlkopfs) für eine differenzierte Lautproduktion verfügen. Der daraus resultierende geringere Stimmumfang dürfte sich deshalb auf eine dauernde Belastung durch Lautäußerungen nicht negativ auswirken. Seitdem das Bellen für Hunde nicht mehr einen Teil des täglichen Lebens darstellt,

wie es das Sprechen für die Menschen bedeutet, wird eine Kehlkopfentzündung, die sich durch Stimmveränderung manifestiert, bei unseren Vierbeinern weniger häufig beobachtet.

16

WARUM
hat ein Golfplatz 18 Löcher?

In Schottland, der Heimat des Golfspiels, wurden die Golfplätze zunächst mit einer wechselnden Anzahl von Löchern angelegt, die davon abhängig war, wieviel Land zur Verfügung stand. Einige Plätze hatten laut Bibliothekarin Janet Seagle von der U. S. Golf Association nicht mehr als fünf Löcher.

Die Anlage des renommiertesten Golfclubs, des »Royal and Ancient Golf Club of Saint Andrews«, bestand ursprünglich aus zweiundzwanzig Löchern. Sie wurde am 4. Oktober 1764 um vier Löcher auf achtzehn reduziert, um die Entfernungen zu vergrößern und das Spiel schwieriger zu gestalten. In dem Bemühen, dem stetig wachsenden Beliebtheitsgrad des Spiels mit einheitlichen Formen gerecht zu werden, nahm man in der Folgezeit bei der Gestaltung von Golfplätzen internationalen Zuschnitts die Anlage von Saint Andrews zum Vorbild.

17

WARUM regnet es nicht durch den Schornstein in den Kamin, wenn doch der Rauch durch diesen entweicht?

Die Schornsteine einiger herrschaftlicher Gebäude sind mit einer Abdeckung, bestehend aus schräg nach unten verlaufenden Streben, versehen, die auf dem Schornsteinrand montiert sind. Während der Regen an den Streben hinabrinnt, kann der Rauch sich leicht unter der Haube verflüchtigen.
Jedoch erweist sich eine solche Vorrichtung im allgemeinen als überflüssig, da Ziegelsteine und Mauerwerk der Schornsteine große Mengen Wasser absorbieren können. Diese Fähigkeit ist auch einer der Gründe, warum zum Bau von Schornsteinen nahezu ausschließlich Ziegelsteine verwendet werden. Die Schornsteine von Gebäuden mit vier oder mehr Etagen fangen auf diese Weise nahezu jede beliebige Menge Wasser auf, ohne daß eine Abdekkung vonnöten wäre.

Eingereicht von Michael Jeffreys und Krissie Kraft aus Marina del Rey, Kalifornien. Gedankt wird ebenfalls: Leonard Scarpace aus Newhall, Kalifornien.

18

WARUM reißt Zeitungspapier vertikal mit glatten, horizontal jedoch mit gezackten Rändern?

Zeitungsdruckpapier ist ein stark holzhaltiges Rotationsdruckpapier. Zur Herstellung des Papiers wird Holz zerkleinert und mit Wasser aufgeweicht, bis es sich in Einzelfasern aufgelöst hat. Diese Fasern werden mit Hilfsstoffen, die die Druckeigenschaften verbessern sollen, und viel Wasser zu einem »Papierbrei« vermengt. In der Papiermaschine wird diese Masse unter Druck gleichmäßig auf ein umlaufendes Sieb gepreßt. Die einzelnen Fasern richten sich entlang der Laufrichtung des Siebes aus, auf dem das Wasser abfließt und der Brei zu Papier »verfilzt«. Das Papier hat also gleich einem Stück Fleisch oder einem Leinentuch eine Faserung. Wenn Sie schon einmal versucht haben, ein Bettlaken zu zerreißen, werden Sie wissen, wie einfach es in die eine und wie schwierig es in die andere Richtung geht! Zerreißen Sie die Zeitung von oben nach unten, folgen Sie der Faserung, oder, präziser ausgedrückt, Sie reißen sie zwischen den Fasern.

Eingereicht von L. Stone aus Mamaroneck, New York. Gedankt wird ebenfalls: Julia Berger aus Richmond, Virginia, und Virginia E. Griffin aus Salinas, Kalifornien.

19

WAS *bedeuten diese Zuckungen, die uns kurz nach dem Einschlafen gelegentlich wieder aufwecken?*

Es ist Ihnen vielleicht schon einmal passiert: Sie liegen schön eingekuschelt unter der Bettdecke und fühlen, wie der Schlaf allmählich über Ihren Wachzustand die Oberhand gewinnt. Gerade als Ihre Gehirnwellen dabei sind, sich zu verlangsamen und in Ihrer Phantasie das Bild entsteht, wie Sie in einem offenen Mercedes durch südliche Gefilde brausen, ruft Sie eines Ihrer Beine mit unerklärlichen Zuckungen in die Wirklichkeit zurück. Sie sind das Opfer von sogenannten »Einschlafzuckungen« geworden, einem Phänomen, das in David Bodanis' hervorragender Publikation *The Body Book* folgendermaßen erklärt wird:

> Sie treten auf, wenn jene Nervenfasern, die in einem bleistiftdicken Bündel zum Bein führen, plötzlich im Einklang miteinander reagieren. Jeder dünne Nerv verursacht für sich eine starke Zusammenziehung eines kleinen Bereichs von Muskelfasern, der mit den Nervenendungen unten im Bein verbunden ist, und wenn dies bei allen gleichzeitig geschieht, zuckt das Bein als Ganzes.

Es gibt noch keine Veröffentlichungen von Schlafforschern, in denen begründet ist, wodurch Einschlafzuckungen verursacht werden oder warum sie sich nur in der Einschlafphase bemerkbar machen. Auch wenn einige Menschen häufiger von ihnen betroffen sind als andere, ist ihr Erscheinen nicht vorhersehbar – im Gegensatz zu »Schüttelkrämpfen«, Spasmen, von denen der Körper in regelmäßigen Intervallen während des Tiefschlafs befallen wird.

Eingereicht von Cathy C. Bodell aus Fullerton, Kalifornien. Gedankt wird ebenfalls: Daniel T. Placko aus Chicago, Illinois.

20

***WARUM* haben Frauen im allgemeinen eine höhere Stimme als Männer? Und warum sind kleine Menschen für gewöhnlich mit höherer Stimme ausgestattet als die großen?**

Daniel Boone, Professor an der Universität von Arizona und Experte für Stimmbildung, gibt hierzu die Antwort: »Die Grundfrequenz oder Stimmlage ist direkt abhängig von der jeweiligen Länge und Dicke der Stimmbänder.« Die durchschnittliche Stimmbandlänge beträgt bei Männern 18, bei Frauen 10 Millimeter. Größere Menschen, egal, ob Mann oder Frau, haben längere Stimmbänder als kleinere.

21

WAS passiert mit dem abgefahrenen Reifenprofil?

Je mehr ein Auto benutzt wird, desto stärker nutzen sich die Profile der Reifen ab. Doch wohin verschwinden sie? Auf der Straße jedenfalls sehen wir sie nicht liegen, es sei denn, es handelt sich um die Fetzen eines geplatzten Reifens.

Die Automobilindustrie, die Reifenindustrie und einige unabhängige Umweltexperten haben sich lange Zeit damit beschäftigt, was auf den ersten Blick ein triviales Problem zu sein scheint. Zwei Fachleute von der chemischen Abteilung der *Ford Motor Company* schätzten, daß jedes Jahr von amerikanischen Autos etwa 600 000 Tonnen Reifenprofil abgefahren werden. Da das Material keine sichtbaren Spuren hinterläßt, lag die Vermutung nahe, daß es in unlösbaren Partikeln, die für Menschen eine Gefahr darstellen können, in der Luft bleibt. Also wurde überlegt, wie man messen kann, was mit dem verschwindenden Reifenprofil geschieht.

An drei verschiedenen Orten wurden Tests durchgeführt, um Reifenprofil nachzuweisen. Doch alle drei Versuchsstellen brachten Probleme mit sich. Als erstes wurden Tests in geschlossenen Räumen durchgeführt. Unglücklicherweise blieb das abgefahrene Reifenprofil einfach an der simulierten Fahrbahnoberfläche kleben, da jegliche Witterungseinflüsse fehlten. Wissenschaftler wußten aber, daß dies unter realen Bedingungen nicht geschieht, da der zweite Testtyp, auf Autobahnen durchgeführt, zeigte, daß tatsächlich kein Gummi auf der Straße bleibt, was wir dem Wind, dem Regen und dem ständigen Autoverkehr zu verdanken haben. Hinzu kommt, daß die Umgebung von Autobahnen manchmal von Instandsetzungstrupps gereinigt wird, ein Umstand, der den Erfolg von Langzeituntersuchungen über den Verbleib des Reifenprofils behindert. Der dritte Testtyp, durchgeführt in Tunnels, lieferte die höchsten Meßwerte, wenn man einmal davon absieht, daß die Fahrbahnoberfläche in Tunnels den Reifen weniger zusetzt als eine normale Fahrbahnoberfläche. Allerdings wird die Auswertung dadurch erschwert, daß es im Tunnel weder natürlichen Wind noch Regen gibt.

Trotzdem liefern uns die Resultate dieser Experimente ausreichend Informationen darüber, was mit dem Reifenprofil passiert. Die Überreste des Reifenprofils bestehen aus mikroskopisch kleinen Kautschuk-Partikeln, die schwer genug sind, um auf den Boden zu fallen.

Alle Straßen- und Tunneltests haben bestätigt, daß die Partikel, die entlang der Fahrbahnen gefunden wurden, weniger als 50 Prozent des vermißten Reifenprofils ausmachen. Eine Studie stellt fest, daß zwei Prozent des gesamten Staubes in der Umgebung der Straßen aus abgefahrenem Reifenmaterial besteht. Eine andere Studie fand heraus, daß von sämtlichen Partikeln, die sich in der Luft befinden, der Reifenstaub nur ein Prozent ausmacht. Selbst im Tunnel wurden nur ein bis vier Prozent gemessen – eine Zahl, die weit unter den Meßwerten von Abgasemissionen bei benzin- und dieselbetriebenen Fahrzeugen liegt.

Alle diese Tests bestätigen, daß der größte Teil des

abgefahrenen Reifenprofils in Partikelform zu Boden fällt und nicht in der Luft bleibt. Was geschieht nun mit dem Rest? Einiges davon wird durch Oxydation und Devulkanisation (eine chemische Reaktion, die den Prozeß des Erhärtens von Gummi umkehrt) aufgelöst. Weiterhin helfen Wind, Wasser, Sauerstoff und Mikroben mit, die Reifenprofilpartikel zu zersetzen.

Hinsichtlich möglicher Umweltschäden stellt abgefahrenes Reifenprofil keine Gefahr da. K. L. Campbell von der Firestone Tire & Rubber Company weist darauf hin, daß »das Gummi von Reifenprofil im wesentlichen ein träges Material ist und es folglich nicht zu sauerem Regen oder Bodenverunreinigung beiträgt«. Und da die abgefahrenen Reifenprofilpartikel auf dem Boden zu klein sind, um sie mit dem bloßen Auge wahrzunehmen, sind wir uns dessen gar nicht bewußt, daß sie überhaupt da sind. Was wiederum beweist, daß das, was man nicht sehen kann, auch nicht weh tun kann.

Eingereicht von Larry Orbin aus Florissant, Missouri. Gedankt wird ebenfalls: Brad Miles aus Victoria, British Columbia; G. William Foster Jr. aus Tulsa, Oklahoma; und Art Lombard aus Oakland, Kalifornien.

22

WIE
entsteht der Peitschenknall?

Peitschen können eine Geschwindigkeit von mehr als 1100 Kilometern in der Stunde erreichen. Den Knall, den man beim Peitschenschwingen hört, ist der Knall beim Durchbrechen der Schallmauer.

23

WERDEN Batterien schneller leer, wenn man die Lautstärke des Radios erhöht?

Hundertprozentig.

B. G. Merritt von Eveready Battery Company berichtete uns über Forschungen, die diese Tatsache eindeutig belegen:

> Wir testeten neulich das Zweifach-Kassettendeck »Boom-Box« eines bedeutenden Herstellers, das von sechs Monochrombatterien angetrieben wurde. Von dem niedrigsten bis zum höchsten Stand des Lautstärkeregelers verdreifachte sich die benötigte Energie für die »Box«. Das bedeutet, daß eine Batterie bei maximaler Lautstärke dreimal schneller leer wird als bei minimaler Lautstärke. Die erhöhte Energie wird zur Lautsprechersteuerung benötigt.

Don French von Radio Shack bekräftigte die Resultate von Eveready. Er schätzte, daß ein Taschenradio bei voller Lautstärke mindestens 200 Prozent mehr Batterieladung verbraucht als beim niedrigsten Stand. Selbst kleine Radios haben Lautverstärker, die ihrerseits Energie verbrauchen. Ob Heimstereogerät oder Miniradio – das Prinzip ist das gleiche – je mehr Energie benötigt wird, desto mehr »Saft« wird auch benötigt.

Eingereicht von Allen Kahn aus New York, New York.

24

***WARUM* ist die Banane krumm? Warum wachsen Bananen im Gegensatz zu anderen Früchten nach oben?**

Wüßten Sie von dem komplizierten Geburtsvorgang der Banane, wären Sie vielleicht das nächste Mal nachsichtiger, wenn Sie im Supermarkt auf einige zerquetschte Exemplare stoßen.

Die Banane gehört zur biologischen Familie der Lilien, Orchideen und Palmen. Sie ist die größte Pflanze ohne Holzstamm auf der Erde – ein Bananenstengel besteht zu 93 Prozent aus Wasser – und ist demzufolge sehr empfindlich. Bereits mäßige Winde können die Pflanze, die bis zu zehn Meter hoch werden kann, förmlich umpusten.

Der Fruchtstamm oder -stengel, der einen ebenen Untergrund bevorzugt, enthält bereits alle Früchte, die jedoch noch von Blättern eingeschlossen sind.

Die einzelnen »Fruchtfinger«, wie die einzelne Banane im Fachjargon heißt, sind nach oben gerichtet. Auf ihrem Weg durch die Massen von dichtgepackten Blatthüllen, auch Scheinstamm genannt, bleiben die Fruchtfinger nach oben gerichtet, bis sie die Spitze der Pflanze erreicht haben.

Die Bananen üben einen ungeheuren Druck auf den Scheinstamm aus. Nachdem die Frucht aus den Blättern auftaucht, zeigen die Finger nach unten, weil die Knospe, die sie umschließt, die Richtung geändert hat.

Sobald ein Bananenbündel reif und vollständig aus der Stammhülle aufgetaucht ist, fallen die einzelnen Blatthüllen weg und legen die Frucht frei. Danach wachsen die einzelnen Früchte sehr schnell. Ihr zunehmendes Gewicht biegt den Hauptstengel, so daß die Bananen anfangen, sich innerhalb von sieben bis zehn Tagen nach oben zu richten.

Dr. Pedro Sole von Chiquita weist darauf hin, daß in der Vergangenheit primitive Bananen nach oben wuchsen, genauso wie die Samen der meisten Gräser eine Spitze bilden.

Gibt es also einen logischen Grund für den Wechsel von Auf und Ab im Wachstum der Banane?

Jack D. DeMent von der Dole Fresh Fruit Company sieht die Antwort in dem Verhalten der traditionellen Bananenpflanze:

> An der Spitze jeder einzelnen Frucht findet sich eine Blüte. Da die Bananenbündel wegen ihrer leichten Verderblichkeit in unreifem Zustand geerntet und zu diesem Zweck frühzeitig verpackt werden, verschwindet die Blüte zwar in der künstlichen Ummantelung, ist aber während der Entwicklung der Frucht noch vorhanden. Wenn die Fruchtfinger sich aufrichten, ist die Blüte den Insekten, Vögeln und Fledermäusen, die sich von Nektar ernähren, besser ausgesetzt, die ihrerseits die Befruchtung der Frucht unterstützen.
>
> Die Zuchtbananen von heute jedoch sind steril und produzieren selten lebensfähige Keime – meistens überhaupt keine.

DeMent vertritt die Theorie, daß die Tendenz der kommerziellen Banane, nach oben zu wachsen, ein Überbleibsel aus früherer Zeit ist, als die Frucht nach oben wuchs, um zu überleben.

Eingereicht von Lynda J. Turner aus Hackettstown, New Jersey.

25

WARUM
befindet sich mitten auf weißen Vogelexkrementen ein schwarzer Fleck?

Diese Frage gehört zu denjenigen, die die Philosophen aller Jahrhunderte beschäftigt hat. Glücklicherweise wissen Ornithologen die Antwort.

Dieser schwarze Fleck ist Kot. Das Weiße ist Urin. Urin und Kot werden von Vögeln gleichzeitig aus derselben Öffnung ausgeschieden. Der Kot befindet sich meistens direkt in der Mitte des »Fladens«, da der Urin, leicht klebrig in der Konsistenz, an ihm haftet.

Eingereicht von Ann Marie Byrne aus Queens, New York.

26

SCHÜTZT
ein Toilettensitzüberzug tatsächlich?

Wir wurden mißtrauisch, was die schützenden Qualitäten eines Toilettensitzüberzugs betrifft, als wir eines Tages darüber nachdachten, warum diese hygienische Errungenschaft nicht für Toiletten in Privathaushalten verkauft wird. Man findet sie nur in öffentlichen Toiletten. Unsere Vermutung, daß dieser Schutz weniger mit Krankheiten zu tun hat als vielmehr mit Vorbehalten, die der Intimsphäre zuzuschreiben sind – wer setzt sich schon gerne auf ein fremdes Klo –, erwies sich als richtige Spur. Weder Geschlechts- noch sonstige Krankheiten werden durch Toilettensitze übertragen. Obwohl es einen Bericht gibt, in dem die Meinung vertreten wird, daß der Herpesvirus *kurzfristig* in einer solchen Umgebung überleben kann, ist sich der Geschäftsführer der American Society of Colon and Rectal Surgeons, Dr. J. Byron Gathright Junior, mit den Ärzten, die wir gesprochen hatten, darüber einig: »Es gibt keinen wissenschaftlichen Beweis für eine Krankheitsübertragung durch Toilettensitze.«

Eingereicht von Jean Hanamoto aus Morgan Hill, Kalifornien.

27

WARUM
tragen Matrosen Glockenhosen?

Zwar kennt niemand die genaue Antwort, doch gibt es verschiedene Theorien, die die Nützlichkeit dieses Hosenmodells erklären:

- Die ausgestellten Hosenbeine passen leicht über Stiefel. Seemänner stellen traditionellerweise ihre Stiefel neben das Bett. Im Notfall springen sie zuerst in die Stiefel, dann in die Hosen. An Deck haben die Hosenbeine, die den oberen Teil der Stiefel vollständig bedecken, außerdem den praktischen Vorteil, daß sie das Schuhwerk besser vor Gischt und Regen schützen.
- Hosenbeine in Glockenform lassen sich leicht aufkrempeln. Da Matrosen oftmals mit Chemikalien arbeiten (zum Beispiel um das Deck mit Lauge zu schrubben), dient das Aufrollen der Hosenbeine zum Schutz vor Stoffschäden. Und wenn ein Matrose an Land waten muß, können die Glockenhosen leicht bis übers Knie aufgerollt werden.
- Wenn ein Matrose über Bord geht, können Glockenhosen leichter abgestreift werden als eine gewöhnliche Hose. Außerdem können Stiefel im Wasser leichter ausgezogen werden, da die Beinkleider nicht so eng anliegen.
- Matrosen wird beim Rekrutentraining noch ein anderer praktischer Nutzen beigebracht: Wenn die Hosen-

beine an den Enden zusammengebunden sind, bleibt in den Glockenhosen eine Menge Luft; im Notfall können sie so als Rettungsringe verwendet werden.

28

WARUM wird Zucker nicht schlecht oder schimmelig?

Für alle lebenden Organismen ist Zucker leicht verdaulich. Warum ist Zucker dann nicht ebenso verderblich wie Mehl oder andere Produkte?
Zucker hat einen Feuchtigkeitsgehalt von etwa 0,02 Prozent, der Mikroorganismen, die Schimmel verursachen könnten, austrocknet. Dieser geringe Feuchtigkeitsgehalt verhindert außerdem chemische Veränderungen, die einen Verderb verursachen könnten.
Ganz anders hingegen sieht die Sache aus, wenn Zucker in Wasser aufgelöst wird. Je verdünnter die Lösung ist, desto mehr Hefebakterien und Schimmelpilze gedeihen dort. Zucker, über einige Tage einer hohen Luftfeuchtigkeit ausgesetzt, begünstigt ebenfalls den Verderb und die Schimmelbildung.
Wenn man Zucker in einem luftdichten Behälter aufbewahrt, verzögert sich dadurch die Aufnahme von Feuchtigkeit erheblich. Wenn er in einer Umgebung gelagert wird, in der konstante Temperatur- und Luftfeuchtigkeitswerte herrschen,wird Zucker seinen Feuchtigkeitsgehalt von 0,02 Prozent beibehalten und ein unbegrenztes Lagerdasein fristen.

Eingereicht von Joel Kuni aus Kirkland, Washington.

29

WARUM haben Männerfahrräder eine Querstange?

Bei dieser Frage waren sich alle, mit denen wir gesprochen haben, einig: Die Querstange als Verbindung zwischen Rahmenkopfrohr und Sattelrohr verleiht einem Männerfahrrad eine weitaus höhere Stabilität, als ein Damenfahrrad sie besitzt. Im Laufe von langwierigen und umfangreichen Experimenten haben die Hersteller herausgefunden, daß das beste Verhältnis von Stabilität zu Gewicht erreicht wird, wenn man Rahmen in Form von Rauten oder Dreiecken baut. Ohne die Querstange würde ein Teil der idealen Rautenform fehlen.
Bei einem Männerfahrrad befindet sich die Querstange parallel zum Boden; bei einem Damenfahrrad unterteilt die Querstange das Sattelrohr einige Zentimeter über dem Tretlagergehäuse und führt von dort aus zum Rahmenkopfrohr. Es drängt sich die Frage auf, warum die Stange bei den Damen niedriger liegt als bei den Herren.
Die Antwort ist so simpel wie verblüffend: aus Tradition. Früher fuhren die Frauen nur in Kleidern und Röcken Rad, und die niedrige Stange verhinderte, daß die Kleidung verrutschte und die Damen schamlosen Blikken ausgesetzt waren. Heutzutage, da die meisten Frauen zum Radfahren Hosen oder modische Trikots tragen, scheint der ursprüngliche Zweck der Querstange

überholt, auch wenn, so Skrivan, ein Techniker der Produktentwicklung bei Huffy, auf einen zusätzlichen Vorteil der niedrigen Querstange hinweist: Sie erleichtert das Auf- und Absteigen.

Skrivan zufolge gibt es von Frauenseite wenig Klage zu der unterschiedlichen Konstruktion. Die Gelegenheitsradfahrerinnen vermissen die zusätzliche Stabilisierung nicht, und diejenigen unter den Frauen, die sich dem Fortbewegungsmittel ernsthaft verschrieben haben, entscheiden sich für das »Männermodell«.

Eingereicht von Linda Jackson aus Buffalo, New York.

30

WARUM fließt in den Adern des Adels »blaues Blut«?

Dieser Ausdruck wurde als erstes in der Renaissancezeit auf den spanischen Adel angewendet. Die Aufgabe der Adeligen bestand zu jener Zeit darin, untätig im Palast herumzulungern.
Aus Mangel an körperlicher Betätigung und Bewegung war ihr Blut kühl und sauerstoffarm. Folglich konnte man ihre Venen durch die Haut schimmern sehen, und so entstand der Eindruck, als seien diese blaßblau.

Eingereicht von Daniel T. Placko aus Chicago, Illinois.

31

WARUM sind Menschen gegen ihren eigenen Körpergeruch immun?

Wie kommt es, daß sensible Menschen andere mit aufdringlichen Körpergerüchen belästigen? Merken Sie nicht, daß sie selbst oder ihre Kleidung schlecht riechen? Genau so verhält es sich. Im Gegensatz zu den meisten Tieren verfügt der Mensch über keinen besonders ausgeprägten Geruchssinn.

Laut Dr. Pat Barelli, Geschäftsführer der American Rhinologic Society, wird »der Geruchsnerv in Gebieten, in denen es viele Gerüche gibt, leicht müde«. Um nicht mit Informationen überlastet zu werden, entscheidet unser Nervensystem, sich nicht von unserem eigenen Körpergeruch stören zu lassen, es sei denn, er würde sich dramatisch verändern. Ob Sie riechen wie ein Frühlingsstrauß oder wie die Tischabfälle der letzten Nacht, das können Sie selbst nicht feststellen – auch wenn Sie empfindlich auf den Körpergeruch anderer Menschen reagieren.

Dr. Morley Kare, Direktor des Monell Instituts der Universität von Pennsylvania, fügt hinzu, daß dieses »Ermüdungsprinzip« auf viele Sinne zutrifft. Arbeiter in einer Automobilfabrik müssen lernen, den Lärm der Maschinen abzublocken, um der Gefahr zu entgehen, krank zu werden. Einwohner von Hershey in Pennsylvania nehmen den intensiven Schokoladengeruch aus

der Fabrik nicht mehr wahr, der sich in der Stadt ausbreitet.
Studenten können oft den Geschmack der verschiedenen Mahlzeiten nicht unterscheiden, die ihnen in der Mensa serviert werden. Natürlich könnte dieses Phänomen damit erklärt werden, daß im Grunde alle Mahlzeiten dort gleich schmecken. Doch um diese These zu erklären, müßten wir eine Bestätigung der Verwaltung beibringen.

Eingereicht von Karole Rathouz aus Melville, Missouri.

32

WARUM ist Aluminiumfolie auf einer Seite glänzend und auf einer matt?

Es gibt tatsächlich Menschen – wenn auch keine persönlichen Freunde unserer Welträtselredaktion –, die für ihre Diskussionsfreudigkeit zum Thema, ob nun die glänzende Seite von Aluminiumfolie dafür vorgesehen ist, die Lebensmittel zu bedecken oder dafür gedacht ist, außeren Einflüssen zu trotzen, bekannt sind.
Den Leuten bei Reynolds Metals zufolge macht es kaum einen Unterschied, welche Seitefür was benutzt wird. Es gibt einen kleinen Unterschied hinsichtlich der Reflektierfähigkeit der Folie, aber dieser ist praktisch nur mit Laborinstrumenten meßbar. Nikki P. Martin bringt die Sache kurz, aber werbewirksam auf den Punkt: »Beide Seiten erfüllen hervorragend ihren Zweck, heiße Lebensmittel heiß, kalte Lebensmittel kalt, nasse naß, trockene trocken und insgesamt alles länger frisch zu halten.«
Folie wird aus einem großen Block von reinem Aluminium hergestellt. Das Material wird wie ein Kuchenteig so lange ausgerollt, bis sich der Block zu einem langen, dünnen Blatt verwandelt hat. Die unterschiedlichen Oberflächen der Aluminiumfolie entstehen Martin zufolge dadurch, daß »in dem letzten Walzschritt zwei Lagen Aluminiumfolie die Walze gleichzeitig passieren. Die Seite, die mit den hochpolierten Stahlrollen in

Kontakt kommt, wird glänzend. Die andere Seite hingegen, die diese schweren Rollen nicht berührt, erhält eine matte Oberfläche.«

Eingereicht von Frank Russell aus Columbia, Missouri.

33

WARUM schmerzen kleine, durch Papier verursachte Schnitte häufig mehr als tiefe Schnittwunden?

Kleine Schnittwunden können einen schier verrückt machen, weil sie solche Schmerzen verursachen, ohne daß ein Tropfen Blut zu sehen wäre.

Die sensorischen Nervenendungen liegen direkt unter der Haut, und die Hände, die am meisten von den kleinen Schnitten, die Papier verursacht, betroffen sind, enthalten mehr Nervenendungen als jeder andere Bereich des Körpers. Der Dermatologe Dr. John Cook erklärt, daß eine so banale Verletzung wie ein durch Papier verursachter Schnitt eine paradoxe Situation hervorruft: »Die Nervenendungen werden gereizt, aber kaum verletzt.« Verletzte Nervenendungen wiederum können ernste Komplikationen hervorrufen, schmerzen aber manchmal weniger als diese kleinen Schnitte. Dr. Cook und Dr. Elliot von der amerikanischen Dermatologenvereinigung weisen zudem darauf hin, daß die meisten Menschen kleinen Schnitten weniger Aufmerksamkeit schenken als größeren, sie also auch nicht verbinden und sie folglich ungeschützt äußeren Einflüssen aussetzen. Wenn man einen kleinen Schnitt verbindet, heilt er deswegen nicht unbedingt schneller, aber er tut weniger weh, weil die Wunde feucht bleibt.

34

WARUM lassen Schlangen ihre Zungen herausschnellen?

Wenn man Schlangen im Zoo dabei beobachtet, wie sie ihre Zungen herausschnellen lassen, stellt man sich automatisch vor, daß sie es auf eine völlig unvorbereitete Beute abgesehen haben. Doch keine Sorge. Schlangen benutzen ihre an der Spitze gegabelten Zungen nicht als Waffen. Die Zunge ist für die Schlange ein unschätzbares Sinnesorgan, die das Reptil in die Lage versetzt, seine Zunge sozusagen als Angelleine »auszuwerfen«, während es sich seinen Weg über den Boden sucht. Bei diesem Vorgang nimmt die Schlange mit der Zunge kleine Teile von organischen Stoffen, die sie riechen oder schmecken kann, in Erwartung einer möglichen Futterquelle auf. Es gibt auch einige Beweise dafür, daß die Zunge ebenso empfindlich auf Schallschwingungen reagiert, die sie auf Beute aufmerksam machen oder vor potentiellen Angreifern warnen.

35

WARUM wird nach einem Bad die Haut an den Armen und Beinen so runzelig?

Anders als der Anblick vermuten läßt, schrumpft unsere Haut nach dem Bad nicht. In Wirklichkeit dehnt sie sich aus. Der Runzeleffekt an Fingern, Handflächen und Fußsohlen entsteht dann, wenn die Haut mit Wasser gesättigt ist. Das *Stratum Corneum,* die schützende Hornhaut an Händen und Füßen, dehnt sich aus, wenn sie sich mit Wasser vollsaugt. Dadurch entsteht der Schrumpeleffekt.

Warum bleibt der restliche Körper von diesem Phänomen verschont? Diese Frage ist falsch. Auch die übrige Haut nimmt Feuchtigkeit auf. Da sie an Bauch und Gesicht beispielsweise weniger hart ist als die Hornhaut, kann dort die Feuchtigkeit stärker einziehen. Deshalb tritt der Schrumpeleffekt am übrigen Körper erst später ein. Ein Arzt, den wir befragten, sagte uns, daß bei Soldaten, deren Füße lange Zeit in durchnäßten Stiefeln gesteckt hatten, die gesamte Haut, die vom Schuhwerk bedeckt war, diese Runzelung aufwies.

Eingereicht von Michelle L. Zielinski aus Arnold, Missouri.

36

WAS
bedeutet ein Klingen im Ohr?

Wenn Sie nicht gerade die Glocken läuten hören, signalisiert ein Klingen im Ohr, daß Sie unter Tinnitus leiden. Das bedeutet, man hört etwas, ohne daß irgendeine externe Geräuschquelle vorhanden ist. Nahezu alles, was den Hörnerv stört, ist in der Lage, Tinnitus hervorzurufen. Da es die Funktion des Hörnervs ist, Klang zu transportieren, interpretiert das Gehirn – wenn der Nerv aus irgendeinem Grund gestört wird – diesen Impuls als Lärm.

Einige der verbreitetsten Gründe für Tinnitus heutzutage sind:

- Reaktion auf laute Geräusche.
- Gefäßverengung nach einem physischen oder mentalen Trauma.
- Allergische Reaktion auf Medikamente. Aspirin ist die häufigste pharmazeutische Ursache von Tinnitus. Viele Menschen, die mehr als 20 Aspirin am Tag einnehmen, werden von Tinnitusattacken heimgesucht. Zum Glück verschwinden die Symptome gewöhnlich nach dem Absetzen der Medikamente.

Chronischer Tinnitus kann hervorgerufen werden durch: Verstopfen des Außenohrs mit Ohrwachs, durch eine Entzündung im Ohr, durch eine Überdosis an Tabletten; durch exzessives Telefonieren; durch Schwindelanfälle; durch Ernährungsmängel (besonders durch das Fehlen von Spurenelementen); durch Muskelkrämpfe im Ohr; durch Infektionen; durch Allergien.

Menschen mit chronischem Tinnitus leiden nicht nur unter diesem ärgerlichen Klingen, sie müssen sich zudem gewöhnlich noch mit einem Hörverlust abfinden. Leider gibt es keine einfache Heilmethode. Zwar wurde viel über den Einfluß von Ernährung im Zusammenhang mit der Behandlung von Tinnitus geforscht, doch ist man in der Zwischenzeit dazu übergegangen, die Tinnitus-Betroffenen zu beraten und ihnen Hilfestellungen zu geben, wie sie mit dem Problem leben können. Man kann Anleitungen kaufen, wie dieses Klingen in den Ohren überdeckt werden kann. Mit verschiedenen Hypnosetechniken wird versucht, den Patienten von dem störenden Geräusch abzulenken.

Wenngleich Probleme im Bereich der Ohren nicht gerade die offensichtlichsten medizinischen Probleme sein mögen, so sind sie dennoch die meistverbreiteten, wie eine Broschüre des *House Ear Instituts* erläutert, die von einer Gruppe von Fachärzten für Ohrenleiden aus Los Angeles erstellt wurde. »Hörverlust ist das in Amerika verbreitetste, bis jetzt am wenigsten bemerkte körperliche Gebrechen. Es sind mehr Leute davon betroffen als von Herzkrankheiten, Krebs, Blindheit, Tuberkulose, Multipler Sklerose, Venen- und Nierenerkrankungen zusammen.«

Eingereicht von Bobby Dalton aus Maryland Heights, Missouri.

37

WARUM gibt es Schokoladenosterhasen?

Den Schokoladenosterhasen gibt es in Deutschland bereits seit Mitte des achtzehnten Jahrhunderts. Zusammen mit den Hasen verkauften die deutschen Schokoladenhersteller Schokoladeneier und Schokoladenküken. Die Schweiz, Frankreich und andere europäische Schokoladenhersteller folgten ihnen kurze Zeit später. Die meisten der Schokoladenhersteller, mit denen wir sprachen, meinten, daß die Hasen Erneuerung und Verjüngung symbolisieren, die Riten des Frühlings, nicht nur das Osterfest selbst. Charlotte H. Connelly von *Whitmanns Chocolates* sagte uns, daß sich die Schokoladenhasen sehr schnell von Europa aus in den Vereinigten Staaten verbreiteten.

Zur Zeit helfen Schokoladeneier und Schokoladenhasen dabei, das »Schokoladenloch« zu füllen, das für die Süßwarenindustrie zwischen dem Valentinstag und dem Muttertag gähnt.

38

WARUM färben ältere Frauen ihre Haare blau?

In den sechziger Jahren war es modern, die Haare in Pastelltönen zu färben oder zu bleichen. Vielleicht haben ja einige ältere Damen sich entschieden, diesem Trend treu zu bleiben.
Die Mehrheit jedoch benutzt eine blaue Tönung (keine Farbe), um die Gelbschattierungen zu bekämpfen, die ihr graues oder weißes Haar verfärben. Blau hilft, das Gelb zu überdecken.
Das Haar wird aber nicht deshalb, weil eine Frau älter wird, gelb. Es gibt zum Beispiel einige Chemikalien, die in Haarpräparaten verwendet werden, die zu einer Gelbfärbung beitragen können.
Der größte Übeltäter jedoch ist der Qualm. Der Kosmetiker Richard Levac erklärte unserer Welträtselredaktion, daß das Haar poröser wird, wenn wir älter werden. Wenn Qualm und Rauch das Haar bedecken, nisten sie sich im Haarschaft ein und verursachen so die Gelbfärbung.
Levac fügte hinzu, daß nur sehr wenige Frauen beabsichtigen, einen Friseursalon mit blauen Haaren zu verlassen.
Blaue Tönungen sind heute viel heller und natürlicher als noch vor 20 Jahren. Je stärker das Blau, desto schlechter der Friseur.

Ironischerweise feiert blaues Haar im Zuge von New-Wave gerade wieder ein Comeback. Und mit Cyndi Lauper vor Augen ist jede natürliche Farbe ein Affront.

Eingereicht von Daniel T. Placko aus Chicago, Illinois.

39

WOHIN verschwinden die toten Vögel?

Täglich sehen wir eine Vielzahl von munteren Vögeln, und dann und wann entdecken wir auch mal ein Tier, das überfahren wurde oder aus dem Nest gefallen ist. Aber einen Vogel, der eines natürlichen Todes gestorben ist, den erblicken wir eigentlich nie. Begeben sich diese Tiere an einen bestimmten Ort, um zu sterben?
Der Grund, warum wir keine toten Vögel sehen, ist der, daß sie auf schnellstem Wege von anderen Tieren, die sich auf Nahrungssuche befinden, aufgefressen werden. Was uns vielleicht als grausames Schicksal erscheinen mag, bringt die Vogelexpertin Starr Saphir über den effizienten Kreislauf der Natur ins Schwärmen. In dem Moment, in dem ein Vogel nicht länger funktionstüchtig ist, wird er als wertvolle Nahrung gebraucht. Vögel werden von Katzen, Hunden, Ratten, kleinen Insekten und sogar von Bakterien gefressen. Saphir erzählt uns, daß sie Vogelkundewanderungen geleitet habe, bei denen sie auf dem Hinweg einen noch unversehrten Vogelkörper am Boden gesehen habe, der auf dem Rückweg, eine Stunde später, schon fast vollkommen verzehrt worden war. Innerhalb von 24 Stunden ist von den meisten Vögeln in der freien Natur und im Stadtgebiet nicht viel mehr übrig als ein Haufen Federn.
Richard C. Banks, Vizepräsident der Amerikanischen Ornithologenvereinigung, sagte uns, daß Vögel auch

während des Fluges sterben können. Die wahrscheinlichsten Kandidaten hierfür seien die Zugvögel, die bei dem Flug über den Ozean weit entfernt von Futterquellen und Landeplätzen gegen die Erschöpfung anzukämpfen hätten. Kranke Vögel würden gewöhnlich gar nicht erst aufbrechen.

Eingereicht von Cecilia F. Boucher aus Roslindale, Massachusetts. Gedankt wird ebenfalls: Walter Bartner aus New York, New York; Thomas Cunningham aus Pittsburgh, Pennsylvania; L. T. Quirk aus Red Bank, New Jersey; und Richard Rosberger aus Washington, D. C.

40

WARUM laufen Laufmaschen meistens aufwärts?

Für diese schwierige Frage fanden wir schließlich bei zwei Strumpfherstellern einige kompetente Leute, die uns weiterhelfen konnten. Die Richtung, in die Laufmaschen laufen, wird durch die Maschenart bestimmt, die bei der Herstellung der Strumpfwaren verwendet wird. Das Beinteil der meisten Strumpfhosen und Nylonstrümpfe wird mit dem »Jerseystich«, auch Strumpfstich genannt, gewoben. Die Jerseymaschen sind einfache Maschen, bei denen die Laufmaschen in beide Richtungen laufen können: nach oben und nach unten.

Die meisten Hersteller benutzen die Jerseymasche, weil sich eine Strumpfhose in dieser Machart weicher anfühlt und reiner aussieht als in einer anderen Fertigungstechnik und trotzdem halt- und dehnbar ist. Die verschiedenen anderen verwendeten Maschenarten, zum Beispiel bei der »laufmaschenresistenten« und bei der »zusammenziehenden« Masche, bewegt sich die Laufmasche nur in eine Richtung: aufwärts. Dem von uns befragten Hersteller zufolge soll mit dieser Webart verhindert werden, »daß die Laufmasche auf Bereiche der Strumpfhose übergreift, die man sehen kann«.

Diese Erklärung leuchtet ein. Warum aber werden von den Herstellern dann Macharten angewendet, bei denen die Laufmaschen abwärts laufen und wunderbar zu sehen sind? Der Grund liegt in der Ästhetik. Sich zusammenziehende und laufmaschenrestistente Maschen fühlen sich rauh am Bein an und sehen dicker aus als die Jerseymaschen. Deshalb werden diese Webarten in erster Linie für Strümpfe gewählt, die dicker aussehen sollen: zum Beispiel für gemusterte Strumpfwaren und Netzstrümpfe.

Eingereicht von Sara Vander Fliet aus Cedar Grove, New Jersey.

41

WIRD dadurch, daß man Damenstrümpfe in den Eisschrank legt, die Bildung von Laufmaschen verhindert?

In dieser Frage sind sich die Hersteller einig: Aller Volksweisheit und Ratgeberspalten zum Trotz wird die Bildung von Laufmaschen nicht dadurch verhindert, daß man die Strümpfe in den Eisschrank legt. Laut Expertenaussage werden »Strümpfe aus synthetischen Fasern hergestellt, die von Kälte nicht beeinflußt werden«. Untersuchungen haben gezeigt, daß es keinen Unterschied in der Bruchstärke von eingefrorenen und nicht eingefrorenen Nylons gibt. Es ist sogar möglich, daß von zwei Strumpfpaaren, die zu derselben Zeit unter identischen Bedingungen hergestellt wurden, das eine Paar schon beim ersten Tragen eine Laufmasche bekommt, während das andere Paar zehn Jahre lang hält.

Eingereicht von Bonnie Gellas aus New York, New York.

42

WARUM sind Verkehrsampeln rot, gelb und grün? Warum befindet sich das rote Licht oben, das grüne Licht unten, und das gelbe Licht in der Mitte?

Ampeln zur Regelung des Verkehrs gab es schon, bevor die ersten Autos fuhren. 1868 wurde vor dem Britischen Parlament ein Modell installiert, das, ähnlich wie ein Eisenbahnsignal, zwei »Signalarme« hatte, die dem Verkehr ein physisches Hindernis entgegensetzten.
Die englische Vorrichtung war entworfen worden, um den Fußgängerstrom zu regeln. Man benötigte eine Sondervorrichtung, damit sie auch nachts funktionierte. Die einfachste Lösung schien zu sein, das System der Eisenbahnsignale zu übernehmen – rote und grüne Gaslaternen, die signalisieren sollten, ob jemand passieren konnte (grün) oder anhalten mußte (rot). Dem britischen Prototyp war kein anhaltender Erfolg beschieden – er ging kurz nach seiner Einführung in die Luft und tötete dabei einen Polizisten.
Die Frage, wo die erste moderne Ampel zur Regelung des Automobilverkehrs in Betrieb genommen wurde, hat die Gemüter heftig bewegt. Zwar erhoben Salt Lake City und St. Paul Anspruch darauf, jedoch gilt das grün-rote Signal, welches 1914 auf der Eudid Avenue in Cleveland, Ohio, installiert wurde, gemeinhin als die erste Verkehrsampel.

Auch wenn die Farben möglicherweise willkürlich von denen der Eisenbahnsignale übernommen worden sind, gibt es doch wichtige Sicherheitsgründe für die Beibehaltung dieser Anordnung. Noch in den fünfziger Jahren waren einige Verkehrsampeln, besonders in den verkehrsreichen Stadtgebieten, horizontal und nicht vertikal angeordnet. Die gegenwärtige vertikale Anordnung mit Rot ganz oben wurde übernommen, um farbenblinden Menschen zu helfen, die möglicherweise durch unterschiedliche Formen irritiert würden. Einem texanischen Verkehrsexperten zufolge ist dem Rot in der Ampel etwas Orange und dem Grün etwas Blau beigemischt, um Farbenblinden die Unterscheidung zu erleichtern.

Eingereicht von John Branden aus Davis, Kalifornien.
Gedankt wird ebenfalls: Maya Vinarsky aus Los Angeles,
Kalifornien; Sean Gayle aus Slidell, Louisiana,
Eddie Haggerty aus Waseca, Minnesota;
William Debovitz aus Bernardsville, New Jersey.

43

WARUM werden die Kühe in der Regel von der rechten Seite gemolken?

Diese Frage steht sicherlich nicht auf dem Lehrplan der Veterinärmediziner; deshalb wendeten wir uns an Dr. Harold E. Amstutz, einem Rinderfachmann, der sich zwar, wie er uns wissen ließ, noch nie vorher mit dieser Problemstellung beschäftigt hatte, sich aber trotzdem in der Lage sah, eine feinfühlige Antwort zu geben:

> Da die meisten Menschen Rechtshänder sind, ist es logisch, sich auf die rechte Seite der Kuh zu setzen, weil man dort mehr Platz hat, den Milcheimer mit der rechten Hand zwischen den Vorder- und Hinterbeinen der Kuh zu manövrieren. Umgekehrt tut sich natürlich ein Linkshänder auf der linken Seite leichter.

Eingereicht von Marci Perlmutter aus Warren, New Jersey.

44

WARUM
spüren wir in einem Flugzeug bei der Landung einen stärkeren und unangenehmeren Druck auf den Ohren als beim Start?

Das Ohr besteht aus drei Teilen: dem Außenohr, das den Teil des Ohrs, den man sehen kann, und den Ohrkanal als Verbindung zum Trommelfell umfaßt; dem Mittelohr, das das Trommelfell, die Gehörknöchelchen und den Luftraum hinter dem Trommelfell und in den Kavernen des Warzenfortsatzes einschließt; und dem Innenohr, das die Nervenendungen für den Hör- und den Gleichgewichtssinn einschließt.
Es ist das Mittelohr, das Flugreisenden Verdruß bereitet, da es teilweise ein Luftpolster darstellt, das empfindlich auf Veränderungen des Luftdrucks reagiert. Wenn man normalerweise schluckt, macht es »plopp« oder »klick« in den Ohren. Dieses Geräusch kennzeichnet den Durchgang einer kleinen Luftblase von der Rückseite der Nase durch die Eustachische Röhre oder Ohrtrompete bis hin zum Mittelohr.
Dem amerikanischen Verband der Ohrenärzte zufolge »wird die Luft im Mittelohr ständig von der Membranschicht absorbiert und umgehend mit Hilfe der Schluckbewegung durch die Eustachische Röhre wieder angefüllt. Auf diese Weise bleibt der Luftdruck auf beiden Seiten des Trommelfells etwa gleich. Sobald dieses

Gleichgewicht gestört wird, fühlt sich das Ohr blockiert an.«

Wenn die Eustachische Röhre blockiert ist, kann das Mittelohr nicht mehr mit Luft angefüllt werden und folglich keine Luft mehr absorbiert werden. Es entsteht ein Vakuum, das das Trommelfell innen ansaugt. Blokkierte Eustachische Röhren können zu Hörverlust führen und starke Schmerzen verursachen.

Eine offene und richtig funktionierende Ohrtrompete ist der Schlüssel zu einem beschwerdefreien Flug. Wenn sie sich weit und oft genug öffnet, kann die Ohrtrompete die sich verändernden Luftdruckverhältnisse ausgleichen. Beim Start eines Flugzeugs nimmt der Druck außerhalb der Maschine ab, so daß sich die Luft im Mittelohr ausbreitet und in einem gleichmäßigen Strom problemlos durch die Eustachische Röhre gepreßt wird.

Bei der Landung hingegen nimmt der Luftdruck zu, so daß es rasch zu einer Vakuumbildung im Mittelohr kommt. Dadurch kann die Luft nur schwer wieder durch die Membrane der Ohrtrompete zurückströmen. Laut Dr. Andrew F. Horne, einem Experten der Flugmedizin, wird das Klicken, Knallen oder Ploppen im Ohr durch das Öffnen und Schließen des Ventils der Eustachischen Röhre hervorgerufen. Bei der Landung hat die Luft mit den Membranen der Ohrtrompete zu kämpfen. Ohne den gleichmäßigen Strom dauert es länger, um den Druck innerhalb und außerhalb des Ohrs auszugleichen.

Für Flugzeugpiloten ist es besonders wichtig, mit den Luftdruckunterschieden fertigzuwerden. Durch einfaches Schlucken öffnet sich die Ohrtrompete. Darum ist Kaugummikauen und Bonbonlutschen ein Start- und Landeritual für viele Passagiere geworden. Gähnen ist noch wirkungsvoller, weil dadurch die Muskeln, die die

Eustachische Röhre öffnen, stärker betätigt werden, als dies beim Schlucken der Fall ist.

Wenn beides nicht hilft, empfiehlt der amerikanische Verband der Ohrenärzte folgendes Verfahren:

- Sich die Nase zuhalten.
- Den Mund voll Luft nehmen.
- Mit Hilfe der Hals- und Wangenmuskeln die Luft gegen die Innenseite der Nase pressen, als ob man versuchen wollte, die Finger von den Nasenlöchern wegzudrücken.

Wenn sich ein lautes Klicken, Knallen oder Ploppen vernehmen läßt, war die Prozedur erfolgreich. Sie muß allerdings während der Landung einige Male wiederholt werden.

45

WOHIN
begeben sich die Stubenfliegen im Winter?

Natürlich in den Himmel. Es gibt Fliegen, die den Winter überleben, aber nur unter ausgesprochen günstigen Bedingungen. Dazu zählen genügend Wärme und Futter. Doch auch unter den günstigsten Umständen liegt die durchschnittliche Lebensdauer einer Stubenfliege nördlich des Äquators zwischen sieben und einundzwanzig Tagen. Die wichtigste Variable für die Langlebigkeit dieser Insekten ist die Umgebungstemperatur – sie sterben scharenweise, eben wie die Fliegen, wenn das Thermometer unter null Grad fällt oder aber wenn es sehr heiß ist.

Wenngleich Fliegen bei kühlen Temperaturen am längsten leben, weil sie dann weniger aktiv sind, vermehren sie sich bei höheren Temperaturen, reichlichem Futter und mäßiger Feuchtigkeit besonders zahlreich. Da im Winter all diese vorteilhaften Bedingungen wegfallen, sterben sie nicht nur, sondern tun dies auch noch, ohne sich vermehrt zu haben. Das Landwirtschaftsministerium der Vereinigten Staaten stellte fest, daß man noch von keiner Stubenfliege hat behaupten können, sie habe vom Herbst bis zum Frühjahr gelebt. Damit wäre auch die Frage geklärt, warum wir im Frühling so wenig Stubenfliegen sehen.

Doch wie erhalten diese Tierchen ihre Art? Die meisten Menschen glauben, daß Fliegen einen Winterschlaf halten oder im Winter ebenso untätig sind wie andere Insekten auch, aber diese Theorie entspricht nicht der Wahrheit. Die wenigen Fliegen, denen wir im Frühling begegnen, sind in erster Linie die Abkömmlinge der ausgewachsenen Fliegen, die es geschafft haben, im vorangegangenen Winter ein gutes Versteck zu finden. Diese kleinen Frühlingsfliegen breiten ihre Flügel gerade in der Zeit aus, wenn das Wetter besser wird, und belästigen uns beim Picknick. Einige der Fliegen, die den Winter überleben, sind keine ausgewachsenen Exemplare, sondern Fliegen in frühen Stadien ihres Wachstums. Fliegeneier werden gewöhnlich in der Erde deponiert, in Spalten, in Holz oder besonders gern in Kuhmist. Die Larven schlüpfen in wenigen Stunden aus. Das Entwicklungsstadium einer Larve dauert ein bis vier Tage. Larven ernähren sich wie andere Insektenlarven auch von pflanzlichen oder tierischen Substanzen. Der nächste Schritt ist die Entwicklung zur Puppe hin, ein Stadium, das ungefähr fünf Tage dauert und in dem die Fliege sich aus ihrer Larvenform in eine ausgewachsene Fliege verwandelt. Viele Insektenkundler vermuten, daß ein Großteil der Fliegen, die den Winter überleben, dies als Larve oder Puppe tun. Andere Wissenschaftler hingegen sind zu der Erkenntnis gelangt, daß ausgewachsene Fliegen eine viel bessere Chance haben, den Winter zu überleben als ihre jüngeren Artgenossen, wenn diese mit kaltem Wetter konfrontiert werden. Trotzdem überleben, einige Larven und Puppen das Ende des Winters und entwickeln sich im Frühling zu ausgewachsenen Exemplaren.

Die Fruchtbarkeit der *Musca domestica* ist wahrhaft ehrfurchtgebietend. Ein Wissenschaftler schätzte, daß ein einziges Paar der Gattung Stubenfliege

325.923.200.000.000 Abkömmlinge in einem Sommer hervorbringen kann. 4,7 Kubikmeter Erde, die in Indien entnommen wurden, enthielten 4.024 überlebende Fliegen. Vielleicht sollte unsere Frage eher lauten: Warum werden wir nicht regelmäßig von Fliegenplagen heimgesucht?
Jedes Gerücht, daß Fliegen im Winter in den Süden ziehen, kann leicht zerstreut werden. Die durchschnittliche Flugreichweite einer Stubenfliege beträgt armselige 400 Meter. Wissenschaftler sind dem Flugverhalten der Fliegen nachgegangen: Sie entfernen sich in ihrem ganzen Leben selten mehr als fünfzehn Kilometer von ihrem Geburtsort.

46

WO kommt der weiße Pfeffer her?

Vom schwarzen Pfeffer. Das beliebteste aller Gewürze (Salz ist kein Gewürz) ist weder mit süßem roten noch mit grünem oder Cayennepfeffer verwandt, sondern ist die getrocknete Beere einer holzigen Kletterpflanze, bekannt als *Piper nigrum L.*
Während die Früchte reifen, sind sie zunächst grün, werden dann gelb und anschließend rot. Um schwarzen Pfeffer herzustellen, werden die Früchte in unreifem Zustand gepflückt und dann getrocknet. Dadurch bekommt ihre Haut eine dunkle Farbe. Beim Mahlen enthält der Pfeffer helle und dunkle Anteile, da das ganze Pfefferkorn verwendet wurde, aber die dunkle Farbe überwiegt.
Weißen Pfeffer läßt man an der Pflanze reifen, bis es einfacher wird, die schwarze Haut zu entfernen. Die Beeren werden eingeweicht, dann geschrubbt und anschließend zum Trocknen in die Sonne gelegt.
Diese Technik hat sich auch in der Welt der Gewürze inzwischen breitgemacht. Eine Sorte weißen Pfeffers, bekannt als »geschälter weißer Pfeffer«, wird heute hergestellt, indem die Haut von getrockneten schwarzen Pfefferkörnern maschinell entfernt wird. Geschälter Pfeffer sieht aus wie weißer Pfeffer, schmeckt aber wie schwarzer Pfeffer.
Warum schlagen wir uns eigentlich mit weißem Pfeffer

herum? Oft wird er nur unter rein ästhetischen Gesichtspunkten verwendet, wie beispielsweise in hellen Saucen und Suppen, in denen kleine dunkle Flecke das sorgfältig inszenierte Gleichgewicht des Chefkochs verderben könnten (oder als kleine Insektenteile mißdeutet werden könnten). Einige Gewürzmuffel bevorzugen weißen Pfeffer auch wegen seines milden Geschmacks und Geruchs. Grüne Pfefferkörner wiederum werden nicht in der Sonne getrocknet, sondern entweder in Flüssigkeit (meistens Weinessig oder Salzwasser) eingelegt oder gefriergetrocknet, um die grüne Farbe zu erhalten. Da grüne Pfefferkörner in einem sehr frühen Entwicklungsstadium geerntet werden, sind sie sehr mild, haben aber auch einen ganz eigenen Geschmack, der von den Gastronomen der *Nouvelle Cuisine* sehr geschätzt wird.

Eingereicht von Kathy Cripe aus South Bend, Indiana.

47

MACHEN Weisheitszähne schlau?

Leider nein. Sie werden allgemein als nutzlos für den modernen Menschen angesehen und sind eigentlich nur für Zahnärzte, die dafür bezahlt werden, sie herauszuziehen. Aber da uns die Natur nur selten mit unnützen Körperteilen ausstattet, kann ein wenig Nachforschung vielleicht zu einer befriedigenderen Antwort führen.

Die Urmenschen aßen so zähes Fleisch, daß ihnen luftgetrocknetes Rindfleisch dagegen wie Kartoffelbrei vorgekommen wäre, wenn es so etwas damals gegeben hätte. Die zusätzlichen Backenzähne (Molare) hinten im Mund, heute als Weisheitszähne bekannt, waren notwendige Kauwerkzeuge unserer Vorfahren.

Im Laufe der Evolution wurden die Gehirne der Menschen immer größer, und die Gesichtsstruktur veränderte sich. Die hervorstehenden Kieferknochen wichen immer mehr zurück. Dadurch wurde der Kiefer kürzer und ließ nicht mehr genug Platz für den Weisheitszahn (auch bekannt als dritter Backenzahn). Die Kiefer der meisten Menschen haben nicht mehr die Größe, diese vier nun überflüssigen Zähne unterzubringen.

48

WARUM liegen antike Städte in Schichten vergraben?

Diese Fragestellung setzt zwei Dinge voraus, die so nicht immer stimmen. Erstens: Nicht alle Ruinen sind Reste von Städten. Es gibt auch andere antike Stätten – wie beispielsweise Festungsanlagen, Lagerplätze, Höhlenbehausungen, Friedhöfe und Fundgruben –, die durch Ausgrabungen freigelegt werden. Zweitens: Nicht alle antiken Städte sind vergraben; hin und wieder stoßen Archäologen schon, kaum daß sie die Oberflächenschicht abgetragen haben, auf Relikte aus alter Zeit.

Wir wandten uns an die Experten George Rapp jr., Dekan und Professor für Geologie und Archäologie an der Universität von Minnesota und Mitherausgeber von *Archeological Geology* und Al B. Wesolowsky, Chefredakteur des *Journal of Field Archeology.* Beide betonten, daß die meisten Ruinengräber durch eine Kombination verschiedener Faktoren entstehen. Dazu zählen:

- Vom Wind herangetragener Staub (bei den Archäologen bekannt als »äolischer Staub«), der sich anhäuft. Beim äolischen Staub kann es sich sowohl um Vulkanstaub wie auch gewöhnlichen Staub oder auch Hausstaub handeln.
- Vom Wasser herangetragene Sedimente, die sich möglicherweise aus den von Menschenhand geschaffenen Bauwerken ablagern. Häufig werden durch Re-

gen diese Ablagerungen von höher gelegenen Punkten zu niedrigeren Orten transportiert. Aber auch Sand oder Ton können in Verbindung mit Wasser eine am Fluß gelegene Ortschaft verschwinden lassen. Nicht selten sammelt und transportiert Wasser ursprünglich äolische Ablagerungen zu tiefer gelegenen Orten.

- Naturkatastrophen, die mit einem Schlag alles begraben können, was allerdings ausgesprochen selten vorkommt. Laut Dr. Rapp muß »unter diesen Umständen der Ort topographisch so gelegen sein, daß es keine Erosion gibt oder daß diese zumindest sehr viel langsamer vonstatten geht als die Ablagerung.« Doch auch bei Naturkatastrophen sind es oft mehrere Faktoren, die zusammenspielen und die Verschüttung verursachen. Dr. Wesolowsky bemerkt, daß zwar die römischen Siedlungen Pompeji und Herculaneum als Folge des Vesuvausbruchs 70 nach Christi Geburt begraben wurden, die eine jedoch unter einem Lavastrom und die andere unter einem Aschenregen verschwand.
- Von Menschenhand Geschaffenes, das entweder zufällig an Zerstörung und Verschüttung mitwirkt (wie bei Überschwemmungen, Erdbeben, Feuersbrünsten) oder vorsätzlich (wie bei Bombardements, Abrissen). Durch enorme Bau- und Abrißaktivitäten hat sich in Städten, die so jung sind wie New York City, ein beträchtlicher Schuttberg angehäuft. Das frühere New York liegt jetzt ein paar Meter unter der heutigen Oberfläche begraben.
- Frühere Zivilisationen, die gelegentlich selbst Eingrabungen vornahmen:
  Als der römische Kaiser Konstantin im frühen 4. Jahrhundert n. Chr. die alte Peterskirche auf dem

Vatikanhügel bauen wollte, mußten seine Baumeister zwecks Errichtung einer Plattform für die Basilika einen Teil des Hangs abtragen und den Schutt auf einem römischen Friedhof abladen. Als die Kirche im 16. Jahrhundert abgerissen wurde, um für die heutige Platz zu machen, wurden Teile der alten Kirche dazu benutzt, tieferliegende Flächen des Platzes auszufüllen.

Dazu gibt Rapp folgendes Beispiel:

Dieses Phänomen kann man am besten an den Siedlungshügeln im Nahen Osten beobachten. Nicht selten sind diese Erhebungen mehr als zehn Meter hoch. Jede »Zivilisation« wurde auf den Trümmern der vorangegangenen aufgebaut. Die Häuser bestanden größtenteils aus Lehmziegeln, die eine Lebensdauer von vielleicht sechzig Jahren hatten. Wenn sie zusammenbrachen, wurde einfach rundum Erde angehäuft. In zwei- oder dreitausend Jahren wuchsen diese Siedlungshügel zu großen Höhen an und erheben sich nun über das sie umgebende Flachland. Jede Schicht enthält archäologische Überreste und erinnert an die Zeit, da sie intakt und von Leben erfüllt war.

Auch wenn wir uns dessen nicht bewußt sind, vergraben wir mit Hilfe von Mutter Natur tagtäglich Artefakte – vom Bonbonpapier bis zur Bierdose –, die zukünftigen Generationen Rückschlüsse auf unser Leben erlauben.

Eingereicht von Greg Cox aus San Rafael, Kalifornien.

49

WELCHEM
Zweck dienen Achsel- und Schamhaare?

Die Menschen haben zwar ihr Fell verloren, aber die Scham- und die Achselbehaarung beibehalten. Gibt es eine logische Begründung dafür?

Die gängigste Erklärung lautet, daß Scham- und Achselbehaarung die milchige Flüssigkeit auffangen, die von den Talgdrüsen abgegeben wird. Wenn die Sekretion von Bakterien aufgespalten wird, erzeugt dies einen starken Geruch, der als Aphrodisiakum wirken kann.

Ist es nicht eine Ironie, daß Deodorants zur Überdeckung dieser offensiven Gerüche angepriesen werden? Aus Sorge, wir könnten schlecht riechen, übersehen oder vergessen wir, daß Körpergeruch für andere attraktiv sein könnte.

Zoologen bieten noch eine andere Erklärung für die Schambehaarung an. Viele Tiere, besonders Primaten, sind rund um ihre Genitalien optisch hervorstehend ausgebildet, um attraktiver für potentielle Geschlechtspartner zu sein. (Denken Sie nur einmal an den Pavian.) Die Schambehaarung als Fleck auf einer ansonsten nackten Haut ist den Menschen vielleicht aus den gleichen Gründen erhalten geblieben.

Eingereicht von Barbara und Celeste Hoggan aus El Paso, Texas.

50

WARUM schmücken Bauarbeiter Gebäude mit Kiefernkränzen oder -bäumen?

Das Schmücken von Gebäuden (und Brücken) während der Bauphase ist als »Richtfest« bekannt, mit dem die Fertigstellung der Grundstrukturen des Gebäudes gefeiert wird. Bei Hochhäusern wird zum Zeichen, daß das Gebäude seine endgültige Höhe erreicht hat, ein immergrüner Baum an der obersten Verstrebung befestigt, wenn diese hochgezogen wird. Für manche Bauarbeiter bedeutet dieser Baum, daß niemand bei der Errichtung des Gebäudes sein Leben gelassen hat. Für andere ist der Baum oder Kranz eine Art Talisman, der den zukünftigen Bewohnern des Gebäudes Glück und Reichtum bringen soll.

Die Vorläufer des Richtfestes sind uralt. Wie viele andere unserer freundlichen Rituale stammt auch das Richtfest von altem Aberglauben ab. Die Römer feierten die Fertigstellung des *Pons Sublicius* über den Tiber 621 vor Christi Geburt, indem sie einige Menschen als Opfergabe für ihre Götter in den Fluß warfen. Während wir heute ein Schiff einweihen, indem wir eine Champagnerflasche gegen den Bug werfen, wurde in alten Zeiten dazu eine andere Flüssigkeit benutzt – menschliches Blut. Im frühen China wurden die Firstbalken von neuen Häusern mit Hühnerblut eingeschmiert, um die Götter glauben zu machen, es sei menschliches Blut. Viele

Kulturen fürchteten, daß böse Geister von den neuen Gebäuden Besitz ergreifen könnten. Im Mittelalter beispielsweise führten Priester und auch Rabbiner spezielle Segnungen neuer Häuser und öffentlicher Gebäude durch.

Der erste Nachweis, daß Bäume auf Gebäuden angebracht wurden, fand sich für das Jahr 700 nach Christi in Skandinavien. Im Schwarzwald hat der Brauch, die Geburt Christi mit dem Aufstellen von Weihnachtsbäumen zu feiern, seinen Ursprung. Heute ist das Richtfest im Norden Europas und besonders in Deutschland und den skandinavischen Ländern sehr verbreitet. Ibsens Protagonist in »Baumeister Solness« ereilte sein Schicksal, als er einen Richtkranz anbringen wollte und dabei in den Tod stürzte.

Eingereicht von Robert J. Abrams aus Boston, Massachusetts.

51

WARUM laufen Uhren im »Uhrzeigersinn«?

Beim Pferderennen, beim Eisschnellaufen und manch anderen Sportarten haben wir uns schon daran gewöhnt, daß die Uhr gegen den Uhrzeigersinn läuft. Doch warum bewegen sich alle unsere Uhren im Uhrzeigersinn? Henry Fried, einer der bekanntesten Horologen in den Vereinigten Staaten, weiß uns eine einfache Erklärung zu nennen. Bevor es Uhren gab, benutzten wir Sonnenuhren. In der nördlichen Hemisphäre kreisten die Schatten in die Richtung, die wir heute den Uhrzeigersinn nennen. Die Uhrzeiger sollen den natürlichen Verlauf der Sonne nachbilden. Wenn Uhren in der südlichen Hemisphäre erfunden worden wären, so spekuliert Fried, würde der Uhrzeigersinn in die entgegengesetzte Richtung verlaufen.

Eingereicht von William Rogers aus St. Louis, Missouri.

52

WARUM wird auf Uhren mit römischen Ziffern die Vier normalerweise als IIII dargestellt und nicht als IV?

Uhrdesigner haben viel Freiraum in der Gestaltung der Zifferblätter. Manche benutzen arabische Ziffern, die meisten verwenden römische Ziffern, und einige wenige kommen ohne jede Zahl aus.
Aber haben Sie schon bemerkt, daß – während die Neun auf Zifferblättern normalerweise als »IX« dargestellt wird – die Vier fast überall als »IIII« erscheint?
Als die mechanischen Uhren im vierzehnten Jahrhundert erfunden wurden, brachte man sie an öffentlichen Plätzen, gewöhnlich auf Kathedralen, an. Die Zifferblattoberfläche war zunächst mit Ornamenten geschmückt, da die ersten Modelle keine Stunden- und Minutenzeiger hatten, sondern nur jede volle Stunde läuteten.
Uhren waren für das gemeine Volk besonders wichtig, denn die meisten waren Analphabeten. Der größte Teil der italienischen Bauern konnte weder römische Ziffern lesen noch subtrahieren. Sie zählten die Stunden an ihren Fingern ab. Vier Striche zu zählen war für sie viel einfacher, als im Falle von »IV« eins von fünf abzuziehen.
Viele frühe Uhren zählten vierundzwanzig Stunden statt zwölf. Da einige deutsche Uhren im fünfzehnten und sechzehnten Jahrhundert römische Ziffern für die Ta-

gesstunden und arabische für die Nachtstunden benutzen, blieben diese Modelle problematisch für die Analphabeten. Daher gestalteten einige Uhrendesigner die Zahlen Vier und Neun ausschließlich mit Strichzeichen anstatt mit »IV« oder »IX«.
Warum bestehen heutzutage Uhrenhersteller darauf Uhren mit römischen Ziffern herzustellen? Weil den Käufern der antike Touch gefällt. Auch wenn einige Hersteller damit argumentieren, daß römische Ziffern aus der Ferne und verkehrt herum einfacher zu lesen sind als arabische.
Die Ironie besteht darin, daß dieser exklusive Touch von einem System stammt, das für Bauern gemacht wurde.

53

WARUM
sind Regenwolken dunkel?

Regen ist Wasser. Wasser hat eine helle Farbe. Regenwolken sind voller Wasser. Deshalb müßten sie eigentlich hell sein. Diese Schlußfolgerung ist zwar logisch einwandfrei, aber falsch.

In den Wolken befinden sich Wasserpartikel. Solange sie klein sind, reflektieren sie das Licht und werden als weiß wahrgenommen. Wenn die Wasserpartikel groß genug sind, um einen Regentropfen zu bilden, absorbieren sie das Licht und erscheinen für uns auf der Erde als dunkel.

54

WARUM tragen ältere Männer ihre Hosen höher als jüngere?

Wir konnten nur wenige Autoritäten auf dem Gebiet der Kleiderordnung oder der Gerontologie finden, die auf dieses Problem spezialisiert waren, aber jeder, den wir fragten, war überglücklich, darüber spekulieren zu dürfen. Und solange es in der *Encyclopaedia Britannica* noch keinen solchen Eintrag zum Stichwort »Hosenhöhe« gibt, müssen wir uns eben selbst um eine Erklärung bemühen.

Die beliebteste Begründung aus den Reihen der Kleiderverkäufer war die, daß Männer, wenn sie älter werden, leicht an Gewicht verlieren und sich ihr Rückgrat ein bißchen krümmt. Eine Hose, die früher auf Taille saß, »rutscht« nun etwas höher. Allerdings hat diese Theorie einen Makel: Wenn ältere Männer neue Hosen kaufen, werden auch diese hoch getragen.

Die zweitliebste Erklärung ist die »Wansttheorie«. Sie besagt, daß Hosen, die hochgezogen werden, einen rührenden Versuch darstellen, einen dicken Bauch zu verstecken. Auch wenn diese Idee durchaus Sinn macht, erklärt sie doch nicht, warum junge Männer mit ausladenden Bierbäuchen ihren Hosenbund tiefer tragen und ihre Bäuche darüberhängen lassen.

Ein weiser Mann jedoch, Fred Shippee, offerierte die logischste Erklärung. Hosen wurden bis zum Aufkommen der Jeans in den sechziger Jahren ziemlich hoch geschnitten. Viele Männer jenseits der Fünfzig hatten keine Erfahrung mit Hosen, die so geschnitten sind, daß sie eher auf den Hüften sitzen als auf Taille. Und sich auf die neue Mode einzustellen, bereitete ihnen Unbehagen. Für jemanden, der daran gewöhnt ist, hochgeschnittene Hosen zu tragen, fühlen sich solche, die auf den Hüften hängen, so an, als würden sie gleich ganz herunterrutschen. Die Jeans revolutionierte die Männermode und veränderte unseren Blick. Wenn wir heute hochgeschnittene Beinkleider sehen, denken wir »alt« oder »altmodisch«. Während viel geschrieben wurde über das Auf und Ab der Rocksäume von Frauen, hoffen wir nun, daß dieses Kapitel Verständnis für Männer wecken wird, die ihre Hosen höher oder auch tiefer tragen, und auf diese Weise die Welt dem Frieden etwas näher bringt.

55

WARUM fühlen sich Menschen bei einer Temperatur von 28 Grad Celsius wohler als bei 37 Grad?

Bei einer Körpertemperatur von knapp 37 Grad fühlen wir uns am wohlsten. Warum eigentlich stellt sich dieses Gefühl nicht ein, wenn die uns umgebende Luft 37 Grad Celsius beträgt? Wenn wir Nudisten wären, dann verhielte es sich so.

Aber die Menschen lieben es nun mal, sich bekleidet zu geben. Durch Kleidung wird die Körpertemperatur unterstützend reguliert. Ein Teil der Körperwärme wird nach außen abgegeben, damit wir uns wohlfühlen. Dies ist vor allem dann der Fall, wenn die Außentemperatur hoch ist.

Unbedeckte Teile unseres Körpers strahlen normalerweise genügend Hitze aus, um die Umgebungstemperatur halbwegs auszugleichen. Wenn wir uns bekleidet einer Temperatur von 28 Grad aussetzen, strahlen die Hände, Ohren und das Gesicht nur einen kleinen Teil unserer Wärme ab, der aber für unser Wohlbefinden genügt.

Wenn wir den gleichen Test unbekleidet machen, wird es bald zu kalt sein, da unser Körper zu viel Hitze abgeben würde.

Feuchtigkeit und Wind beeinflussen ebenfalls unser Wohlbefinden. Je trockener die Luft, desto größer ist ihre

Fähigkeit, Hitze zu absorbieren. Wind beschleunigt die Abgabe von Hitze und bewegt dann ständig die Luft von uns weg, um sie durch etwas kühlere zu ersetzen.

Eingereicht von Joel Kuni aus Kirkland, Washington.

56

WARUM
sieht es in Western so aus, als würden sich die Räder der Pferdefuhrwerke rückwärts drehen?

Ein Film besteht aus einer Abfolge von einzelnen Bildern, die sich mit einer Geschwindigkeit von 24 Bildern in der Sekunde bewegen. Wenn nun ein Fuhrwerk gefilmt wird, das sich langsam bewegt, kann die Kamera aufgrund ihrer Belichtungszeit winzige Bewegungen der Räder einfangen, und zwar 24mal in der Sekunde. Die Bewegung wird solange wahrgenommen, wie sie mit der Belichtungszeit der Kamera nicht synchron läuft.
Dieser Effekt ist mit dem Flashlight in Discotheken identisch, bei dem es je nach Geschwindigkeit der Flashlights so scheint, als ob Tänzer sich entweder wild zuckend auf der Tanzfläche bewegen oder aber dort fast erstarren.
E. J. Blasko von Eastman Kodak erklärt, wie der sogenannte Röhrenblitzeffekt in Filmen arbeitet: »Wenn die Räder sich langsamer bewegen als die Bilder, scheint es, als würden sie rückwärts laufen, wenn sie aber mit der Geschwindigkeit der Filmkamera synchron laufen, scheinen sie stehenzubleiben. Bei einer bestimmten Geschwindigkeit sieht es dann so aus, als würden die Räder sich dann wieder vorwärts bewegen, aber nicht mit der gleichen Geschwindigkeit wie das Fuhrwerk.«
Diesen Effekt kann man übrigens auch bei anderen

Gelegenheiten beobachten. Wenn sich die Bewegung eines Roulettrades oder eines Ventilators verlangsamt, scheint sich die Bewegungsrichtung umzukehren.

Eingereicht von Richard Dowdy aus La Costa, Kalifornien. Gedankt wird ebenfalls: Thomas Cunningham aus Pittsburgh, Pennsylvania, und Curtis Kelly aus Chicago, Illinois.

57

WARUM scheint sich Wetterleuchten immer in weiter Entfernung abzuspielen? Und warum hört man dabei keinen Donner?

Beim Wetterleuchten handelt es sich tatsächlich um einen Blitz, der von einem Gewitter hervorgerufen wird, das zu weit weg ist, um vom Beobachter noch gesehen zu werden. Das, was man sieht, ist eine breit gestreute Reflektion des weit entfernten Blitzes auf den Wolken. Donner kann man nur deshalb nicht hören, weil das Gewitter zu weit entfernt ist. Dort, wo der Blitz sich tatsächlich ereignet, hört man auch den Donner.

58

WARUM
können auf einer Impfstelle keine Haare wachsen?

Eine Impfstelle ist nichts anderes als eine Narbe. Die durch eine Impfung verursachte Entzündung zerstört die Haarfollikel rund um die betroffene Stelle. Jede tiefe Wunde der Haut zerstört die Haarfollikel und verursacht Haarausfall, den Dermatologen als »Narbenhaarausfall« bezeichnen. Man kann ohne Probleme Haare auf eine Impfstelle transplantieren, aber man kann keine toten Haarfollikel wieder zum Leben erwecken.

Eingereicht von David Wilsterman aus Belmont, Kalifornien.

59

WARUM
legen manche Hühner braune Eier und andere weiße?

Die Farbe der Eier ist ausschließlich von der Pigmentierung der äußeren Schicht der Schale abhängig und reicht von fast reinem Weiß bis zu Dunkelbraun. Bestimmend für die jeweilige Farbe eines Eies ist die Rasse des Huhns. Da in fast allen Teilen der Vereinigten Staaten weiße Eier bevorzugt werden, hat man sich für die Weiße Leghorn-Henne mit einem Kamm entschieden. Dieses Tier bietet viele Vorzüge: Es erreicht die Geschlechtsreife früher als die meisten anderen Küken; es ist ein guter Futterverwerter; es ist ziemlich klein (ein wichtiger Aspekt, da die meisten Hühner in Käfigen gehalten werden). Die weiße Leghorn-Henne ist widerstandsfähig, paßt sich gut den verschiedenen Klimabedingungen an und, was am wichtigsten ist, sie produziert viele Eier. Wenn mehr Konsumenten die Vorliebe der Neuengländer für braune Eier teilen würden, hätten solche Rassen wie die *Rhode Island Red* oder die *Plymouth Rock* auch eine Chance, mehr zu produzieren.
Eine einfache Methode, von der Henne auf die Farbe ihrer Eier zu schließen, ist ein Blick auf ihre Ohrläppchen. Sind sie weiß, legt sie weiße Eier. Sind sie rot, legt sie braune Eier.
Braune Eier sind ebenso nahrhaft und gesund wie weiße. Unter den Liebhabern gesunder Ernährung werden sie

sogar als Geheimtip gehandelt, was ihren hohen Preis garantiert.
Die Farbe von Eidottern ist – wie auch die Schale selbst – starken Schwankungen ausgesetzt. Sie wird in erster Linie von den Pigmenten im Hühnerfutter beeinflußt und nicht durch genetische Unterschiede. Wenn die Henne viele gelborange Pflanzenpigmente bekommt, bekannt als Xanthophyll, lagern sich diese auch im Eidotter an. Hennen, die mit Mais und gemahlenem Klee gefüttert werden, legen Eier mit mittelgelben Eidottern. Die mit Gerste oder Weizen gefütterten Hennen produzieren hellere Eidotter. Eine völlig farblose Diät, zum Beispiel mit weißem Korn, hat farblose Eidotter zur Folge. Allein aus kosmetischen Gründen vermeiden Farmer diese Art von Futter, da die Konsumenten eine gelbliche Färbung der Eidotter bevorzugen.

Eingereicht von Jo Ellen Flynn
aus Canyon Country, Kalifornien.

60

Die Maßeinheit »Fuß« sollte in etwa der Länge des Fußes eines erwachsenen Menschen entsprechen. WIE kam es zu der Länge des »Meters«?

Kraft Verfassung der Vereinigten Staaten hat der Kongreß die Macht, einheitliche Normen für Gewichte und Maße festzulegen. Früher herrschten zwischen den verschiedenen Staaten oder auch zwischen verschiedenen Ländern in Europa und Asien große Unterschiede. König Henry I. zum Beispiel stellte persönlich Nase und Daumen zur Verfügung. Sein ausgestreckter Arm bildete die Achse, und der Abstand zwischen Nasenspitze und Daumen legte man als Yard (= 0,914 m) fest, eine Maßeinheit, die andere Länder wiederum nicht verwendeten.
In asiatischen Ländern muß man sich darüber gewundert haben, daß »ein Fuß« wirklich der Länge eines menschlichen Fußes entsprechen soll.
Am lautesten rief man in Frankreich nach einem einheitlichen Maßstab. Während der Französischen Revolution beauftragte die Nationalversammlung 1790 die Französische Akademie der Wissenschaften damit, Normen für Gewichte und Maße festzulegen. Als einfachste und eleganteste Lösung wurde ein Dezimalsystem vorgeschlagen und empfohlen, daß die zugrundeliegende Maßeinheit für die Länge in einem solchen System einem

Teil des Erdumfangs entsprechen soll: Sie wurde als zehnmillionster Teil des durch die Pariser Sternwarte gehenden Erdmeridianquadranten festgelegt. (Mit anderen Worten: zehn Millionstel des Bogens, der der Entfernung zwischen dem Äquator und dem Nordpol entspricht.)

Dieser Einheit gab man später den Namen *mètre,* vom griechischen Wort *métron* abgeleitet, das *Maß* bedeutet. Das metrische System breitete sich zunächst nicht über die Grenzen Frankreichs aus, fand aber wegen seiner Festigkeit und Vereinheitlichbarkeit bei Wissenschaftlern und Technikern in der ganzen Welt Anklang. Nur wenige Menschen nahmen zur Kenntnis, daß der Kongreß bereits 1866 das Gesetz verabschiedete, »in den ganzen Vereinigten Staaten Gewichte und Maße des metrischen Systems in allen Verträgen, Gerichtsprozessen und im Geschäftsverkehr einzuführen«. Zur Jahrhundertwende war die Vorherrschaft des metrischen Systems in den hochentwickelten Nationen durchgesetzt.

Der Fortschritt bei den Präzisionsinstrumenten machte die ursprüngliche Definition des Meters zu schwammig. Der »Vertrag über das Meter«, eine internationale Vereinbarung von 1875, legte einen Mechanismus fest, um das metrische System zu verfeinern und zu verbessern. Siebzehn Nationen, die Vereinigten Staaten eingeschlossen, traten der Meterkonvention bei.

1983 wird nach dem Beschluß der 17. Generalkonferenz für Maß und Gewicht das Meter definiert als die Länge der Strecke, die das Licht im Vakuum während des Zeitintervalls von 1/299.792.458 Sekunden durchläuft (mit anderen Worten: die Lichtgeschwindigkeit im Vakuum beträgt 299.792.458 Meter in der Sekunde. Da die

Lichtgeschwindigkeit sich in naher Zukunft kaum ändern wird, sagen Wissenschaftler dem Meter ein langes Leben als standardisiertes Maß voraus).

61

WARUM
wirkt der Mond am Horizont größer als hoch oben am Himmel?

Dieses Phänomen wird schon seit langem von Astronomen diskutiert, die es die Mondillusion nennen. Doch läßt sich diese Beobachtung auch bei der Sonne machen, und selbst Sternenkonstellationen, die aufsteigen, werden scheinbar immer kleiner. In Wirklichkeit jedoch verändern keine dieser Himmelskörper ihre Größe und Gestalt. Was geht hier vor sich?

MacRobert von der Zeitschrift *Sky and Telescope* stellt es so dar: »Der Himmel selbst erscheint am Horizont weiter entfernt zu sein als hoch oben.« In seinem jüngsten Artikel in der Zeitschrift *Astronomy* mit dem Titel »Den Himmel Schritt für Schritt kennenlernen«, erklärt Jim Loudon, »daß wir den Himmel offensichtlich nicht als eine Halbkugel wahrnehmen, sondern als Hälfte eines an den Polen abgeflachten, kugelähnlichen Gebildes. Ein Himmelskörper, der in diese verzerrte Himmelskugel hineinprojiziert wahrgenommen wird, scheint am Horizont größer zu sein«, weil dieser Körper an dem scheinbar weit entfernten Horizont genausoviel Platz einnimmt wie an dem scheinbar weniger weit entfernten Himmel über uns.

Bezugspunkte im Vordergrund lassen ferne Objekte größer erscheinen. Wenn man durch die Bäume sieht, wie der Mond aufsteigt, wirkt er riesengroß. Denn das

Gehirn vergleicht unbewußt die Größe der Objekte im Vordergrund mit dem Mond im Hintergrund. Wenn man den Mond hoch oben am Himmel sieht, bilden winzige Sterne seinen Hintergrund. Künstler spielen oft mit verzerrter Wahrnehmung, indem sie periphere Objekte näher in den Vordergrund rücken. Peter Boyce von der *American Astronomical Society* fügt hinzu, daß Bezugspunkte die Wahrnehmung am meisten verzerren, wenn sie in unserer Nähe liegen und ihre Größe dem Beobachter genau bekannt ist. Wir wissen, wie groß ein Baum ist, aber unser Gehirn spielt uns einen Streich, wenn es darum geht, die Größe von Himmelskörpern zu bestimmen. Zwischen die Zeigersterne des Großen Bären passen elf Vollmonde, eine Tatsache, die man mit bloßen Augen niemals feststellen kann.

Die Mondillusion könnte zum Teil auch mit der Brechung des Lichts durch die Atmosphäre erklärt werden.

Ein paar Skeptiker, ohne Zweifel dieselben Herrschaften, die darauf bestehen, daß die Erde eine Scheibe ist und kein Astronaut jemals wirklich auf dem Mond gelandet ist, vertreten beharrlich die Auffassung, daß der Mond tatsächlich am Horizont größer ist als hoch oben am Himmel.

Wenn Sie diese Unbeirrbaren eines Besseren belehren wollen, bedienen Sie sich folgender Gegenargumente, die von Astronomen vorgeschlagen wurden:

- Fotografieren Sie Sonne oder Mond am Horizont und oben am Himmel. Die Himmelskörper werden gleich groß aussehen.
- »Bedecken« Sie den Mond, wenn Sie ihn betrachten, mit einer Fingerspitze. Er sollte in den verschiedenen Stadien seiner Wanderung immer gleich abzudecken sein.

– Beugen Sie sich nach unten und schauen Sie den Mond verkehrt herum durch die Beine hindurch an. Sobald wir den Blickwinkel ändern, werden Bezugspunkte und Größenvergleiche außer Kraft gesetzt. Wir erkennen, wie sehr wir uns auf unsere Erfahrung verlassen anstatt auf unsere Sinnesorgane. Die Welträtselredaktion empfiehlt, diesen Test im Freien und unter Aufsicht durchzuführen, und stellt klar, daß sie für das körperliche und emotionale Befinden derer, die sich auf die Suche nach astronomischen Wahrheiten begeben, jede Verantwortung ablehnt.

Eingereicht von Patrick Chambers aus Grandview, Missouri.

62

WENN wir Spottdrosseln tagsüber sehen und nachts hören, wann schlafen sie dann überhaupt?

Diese Singvögel beschränken sich auf »Nickerchen«, von denen sie die meisten nachts halten. Das Schlafverhalten von Vögeln unterscheidet sich fundamental von dem des Menschen.

Es ist allerdings ein schwieriges Unterfangen, die Schlafgewohnheiten von Vögeln zu untersuchen. Im Labor können die Bedingungen, denen sie in Freiheit ausgesetzt sind, nicht nachgestellt werden. Jede Bewegung und jedes Geräusch, das bei direkter Beobachtung vom Forscher verursacht wird, kann den Schlaf, den er messen will, unterbrechen.

Niemand konnte bisher beweisen, daß Schlaf für Vögel eine physiologische Notwendigkeit ist. Wenn ein Vogel stillsitzt, sich ausruht, spart er Kraft. Da Schlaf ihn viel verletzlicher gegenüber Angreifern macht, ist dieses Stillsitzen das einzige, was das Tier zur Entspannung tun kann. Indem die meisten Vögel einfach bewegungslos mit geschlossenen oder offenen Augen dasitzen, ruhen sie sich aus. Vögel, die in der Arktis oder Antarktis leben und 24 Stunden am Tag mit dem Sonnenlicht zu kämpfen haben, halten tagsüber viele kurze Nickerchen und auch nachts, aber sie benötigen keine längeren Schlafzeiten.

Spottdrosseln sind zwar tagsüber aktiv, aber jeder, der

einmal versucht hat, in der Nähe einer männlichen Spottdrossel zu schlafen, weiß, daß sie nachts trotzdem keine Ruhe geben.

Eingereicht von Kathi Sawyer Young aus Encino, Kalifornien.

63

WARUM
gibt es keine Zeitungen, bei denen man sich die Finger nicht schmutzig macht?

Was gut für den Kopf ist, muß es noch lange nicht für die Hände sein. Nach der Morgenlektüre sehen Ihre Hände so aus, als wären sie eher an einer Schlammschlacht beteiligt gewesen als an einem intellektuellen Vergnügen.

Und wie sehr Sie diese Schmiererei auch verärgern mag, die Leute von der Zeitungsindustrie ärgern sich sicher noch mehr darüber. Ralph E. Eary, der für die Produktion und Technik der Zeitungen von Scripps Howard verantwortlich ist, vertraute unserer Welträtselredaktion an: »Der Farbabrieb ist seit vierzig Jahren mein Todfeind. Ich habe in den vergangenen 22 Jahren mit verschiedenen Druckfarben, anderen Farben und auch Druckfarben auf Wasserbasis experimentiert, und jedes Mal war es ein Reinfall.«

Schwarze Druckfarben haben sich in den letzten 40 Jahren kaum verändert. Druckfarbe besteht aus Pigmenten, Bindemitteln und »Trägerstoffen«, also Flüssigkeiten, die die Pigmente transportieren. Die Druckfarbe für den Zeitungsdruck besteht im wesentlichen aus Flammruß und einer Lösung von Mineralöl und Kumaronharz als Bindemittel. Das Öl trocknet niemals vollständig, und deshalb beschmiert die Druckfarbe Hände und Kleider. Druckfarben, die für Hochdruckmaschinen her-

gestellt werden, haben weniger Pigmente als diejenigen, die für Offsetmaschinen verwendet werden.
Die Hoffnungen, die in die Haltbarkeit von Druckfarben auf Wasserbasis gesetzt wurden, erwiesen sich als trügerisch. In einem Artikel über Druckfarben in *Presstime*, einem Journal der *American Newspaper Publishers* Association, legt Paul Kruglinski das beständige Dilemma der Zeitungen dar: »Farbabrieb ist ein relatives Problem und von mehreren Faktoren abhängig. Ob und wieviel Farbabrieb entsteht, ist abhängig von den Inhaltsstoffen und der Art der Druckfarbe, die in dem jeweiligen Druckvorgang benutzt wird, sowie von der Art des Zeitungsdrucks.
Forscher haben in Erfahrung gebracht, daß es nicht ausreicht, nur die Chemikalien auszutauschen, um den Abrieb zu beseitigen.«
Zwei Faktoren haben in den letzten Jahren das Problem des Abriebs verschärft.

- Zum einen sind die meisten Zeitungen von Hochdruck auf Offsetdruck umgestiegen. Beim Hochdruckverfahren erfolgt der Druck von einer erhabenen Druckform, deren nichtdruckende Teile tiefer liegen. Nur die hochstehenden Teile übertragen Farbe auf das Papier. Das Offsetdruckverfahren hingegen ist ein indirektes Druckverfahren. Der Druck wird erst auf ein Gummituch und von dort auf Papier abgesetzt. Nichtdruckende Teile werden feucht gehalten, damit sie sich von der fetthaltigen Farbe abstoßen.
- Zum anderen ging der Trend dahin, daß Zeitungsverleger schwerere Druckfarben verwendeten, um das Blatt leichter lesbar zu machen. Die *New York Times* zum Beispiel ist sehr dunkel, das *Wall Street Journal* hingegen sehr hell. Leider bezahlen die *Times* und

andere Zeitungen die starken Kontraste mit dem Preis des höheren Abriebs und des stärkeren »Durchscheinens«.

Zeitungsverleger und Farbhersteller machen sich gegenseitig für den Farbabrieb verantwortlich. Die Verleger beschuldigen die Farbhersteller, sie mit Druckfarbe niedriger Qualität zu beliefern. Die Farbhersteller hingegen vertreten die Meinung, daß sie nur zu gerne bessere Qualität liefern würden, wenn die Zeitungen willens wären, auch dafür zu bezahlen.

Der *American Newspaper Publishers Association* zufolge beträgt der Anteil von Druckfarbe an den Betriebskosten bei den meisten Zeitungen weniger als ein Prozent. Abriebresistente Farben *sind* teurer. Sie neutralisieren Karbonschwärze herkömmlicher Druckfarben, indem Stoffe wie Harz und Wachse hinzugefügt werden.

Harze fangen die karbonschwarzen Partikel auf und sorgen dafür, daß sie an der Oberfläche des Gedruckten haften bleiben. Wachs vermindert den Schmiereffekt, indem er auf die Oberfläche der Seite einen Gleitfilm aufträgt, der verhindert, daß die Druckfarbe an den Fingern kleben bleibt. Je mehr Harz und Wachs in der Druckfarbe enthalten ist, desto abriebresistenter ist sie – und desto teurer natürlich.

Herkömmliche schwarze Druckfarbe, die für das Hochdruckverfahren hergestellt wurde, kostet die Zeitungen ungefähr 30 Cent pro Pfund; Druckfarbe für das Offsetverfahren kostet ungefähr 45 Cent pro Pfund. Die meisten abriebresistenten Druckfarben fügen dieser Rechnung mindestens zehn Cent pro Pfund hinzu. Könnten diese den Abrieb gänzlich eliminieren, würden die meisten Zeitungen sie wahrscheinlich kaufen. Aber

wie es jetzt aussieht, hält die Industrie nach wie vor Ausschau nach einer abriebfreien Druckfarbe.
Ralph E. Eary und viele andere Drucker glauben, daß die Lösung im Flexodruck liegt, bei dem eine Druckfarbe auf Wasserbasis verwendet wird. Eary glaubt, daß sich die meisten Zeitungsverleger bei Neuinvestitionen für flexographische Druckmaschinen entscheiden werden.
Dem fügt Paul Kruglinski von der *Presstime* hinzu:

> Von Hochdruck- und Offsetdruckfarben wird gesagt, sie seien durch die Dispersion der Trägerstoffe in das Zeitungspapier »trocken«. Doch eigentlich trocknen sie gar nicht, sondern die Papierfasern absorbieren das Öl. In Flexodruckfarben hingegen findet der Trägerstoff Wasser, so daß Verdunstung stattfindet. Aber nicht nur das: die Latexzusätze binden die Pigmente in der Flexodruckfarbe an die Oberfläche des Zeitungspapiers. Mit Hilfe der Flexographie könnten die Zeitungsverleger dünneres Zeitungspapier für ihre Produkte verwenden, ohne Qualitätsverlust in Kauf nehmen zu müssen.

Und wir, die Zeitungsfanatiker, brauchen dann keine Handschuhe mehr, um unsere Schätze heimzutragen.

Eingereicht von Jeff Charles aus St. Paul, Minnesota. Gedankt wird ebenfalls: Cassandra Sherill aus Granite Hills, North Carolina.

64

WIE und WARUM schlafen Pferde im Stehen?

Pferde verfügen in ihren Beinen über ein einzigartiges System von Verbindungen zwischen Bändern und Knochen. Dieses System dient als eine Art Schlinge, an der das Körpergewicht ohne Anspannung aufgehängt ist, während die Muskeln vollkommen entspannt sind. In dieser Position verbrauchen Pferde keinerlei Energie – ihre Beine werden während des Schlafs »festgehalten«. In der Regel schlafen die meisten Pferde stehend, doch die Gewohnheiten sind unterschiedlich. Die Tierärzte, mit denen wir sprachen, meinten, es sei nicht ungewöhnlich, daß Pferde einen Monat oder länger ohne Unterbrechung stehen. Da Pferde zwar sehr schwer sind, aber relativ fragile Knochen haben, kann das Liegen in einer bestimmten Position über längere Zeit Muskelkrämpfe hervorrufen. Bei der Frage, warum sich diese Schlafgewohnheit entwickelt hat, gehen die meisten davon aus, daß wilde Pferde stehend schliefen, um sich besser verteidigen zu können. Dazu Wayne O. Kester, der der amerikanischen Vereinigung der Pferdeärzte vorsteht: »Sie waren lange nicht so verwundbar, wenn sie standen, und es war viel unwahrscheinlicher, daß sie überraschend gefangen würden.«

Eingereicht von Carole Rathouz aus Melville, Minnesota.

65

WARUM ist Meerwasser blau und Leitungswasser klar? Warum reicht das Farbspektrum des Ozeans von Blau bis Rot?

Weißes Licht ist die Summe aller Spektralfarben. Jede Farbe ist festgelegt durch den Grad, bis zu welchem sie Licht zerstreut oder absorbiert. Wenn Sonnenlicht auf Meerwasser trifft, wird ein Teil des Lichtes absorbiert, während der Rest, nachdem er mit Wassermolekülen kollidiert ist, in alle Himmelsrichtungen zerstreut wird. Trifft Sonnenlicht auf klares Wasser, wird rotes und infrarotes Licht am schnellsten und blaues am langsamsten absorbiert. Curtiss O. Davis, einem Treibstrahlexperten, zufolge »wird nur blau-grünes Licht vom Wasser durchgelassen, kann sich zerstreuen und verläßt das Wasser, ohne absorbiert zu werden«. Bis das Licht eine Tiefe von etwa achtzehn Metern erreicht hat, ist das Rot zum größten Teil absorbiert worden.

Warum sieht Leitungswasser nicht blau aus? Curtiss fährt fort: »Um diesen Blaueffekt wahrnehmen zu können, muß das Wasser mindestens drei Meter tief sein. Die Höhe eines Trinkglases und die darin enthaltene Wassermenge reichen nicht aus, um viel Licht zu absorbieren. Folglich erscheint das Wasser klar.«

Wie kann man aber dann grüne und rote Ozeane erklären? Weder die eine noch die andere Schattierung läßt sich im Sinne der Farbenlehre erklären, sondern liegt in dem Müll begründet, der im Wasser herumtreibt. Ein grünes Meer entsteht durch die Kombination von natürlicher blauer Farbe mit gelben Substanzen im Ozean – Humussäure, im Wasser herumschwimmender Unrat und lebende Organismen. Rotes Wasser, das gewöhnlich in Küstennähe vorkommt, wird durch eine Fülle von Algen und Plankton nahe der Wasseroberfläche hervorgerufen. Im offenen Meer, das vergleichbar frei ist vom Umwelteinfluß des Menschen, scheint der Ozean ganz blau zu sein.

Eingereicht von Jim Albert aus Cary, North Carolina.

66

WAS bedeuten die weißen Halbmonde auf unseren Finger- und Fußnägeln?

Diese weißen Halbmonde nennt man Lunula. Die Lunulae (Möndchen) bestehen aus festgehaltener Luft, die durch die stärkere Haftung zwischen Finger und Nagel oberhalb der Stelle, wo die Lunula endet, gehindert wird, den Nagel hinaufzuwandern. Diese »Luftkissen« erfüllen keinen erkennbaren Zweck.

Eingereicht von Joanna Parker aus Miami, Florida. Gedankt wird ebenfalls: Jo Hadley aus Claremont, Kalifornien.

67

KÖNNEN Rosinen aus Trauben gemacht werden, die Kerne haben?

Es gab ohne Zweifel Zeiten, in denen Rosinen Kerne hatten. Die Menschen essen schon seit mindestens drei Jahrtausenden Rosinen. Sie stellten bereits lange vor der Geburt Christi eine wertvolle Ware dar. Vor allem im Mittleren Osten wurden sie hochgeschätzt, da sie trotz großer Hitze unbegrenzt gelagert werden konnten, ohne zu verderben. Wir wissen, daß Rosinen in Südeuropa sehr begehrt waren, und auch für das alte Rom gilt: Gegen zwei Krüge Rosinen konnte man einen Sklavenjungen eintauschen.

Heutzutage werden Rosinen meist aus kernlosen Tafeltrauben gemacht, die wir überall in den Supermärkten kaufen können. Im Frühherbst, wenn sie die richtige Reife erreicht haben, werden die Trauben gepflückt und auf Papier in die Sonne zum Trocknen ausgelegt. Dort bleiben sie zwei oder drei Wochen liegen, damit die Rosinen auf den richtigen Feuchtigkeitsgehalt reduziert werden (von 78 Prozent Wassergehalt als Traube zu 15 Prozent als Rosine) sowie die gewünschte Farbe und den begehrten Geschmack erhalten. Vier bis fünf Pfund Trauben sind notwendig, damit ein Pfund Rosinen entstehen kann.

Es gibt jedoch auch noch andere Verfahren, Trauben zu trocknen. Auf Rosinenplantagen beispielsweise werden

die Trauben mit Schwefelsäure behandelt, um ihre Farbe zu konservieren, und sie werden dann in Öfen getrocknet. Das Ergebnis sind jene goldenen, kernlosen Rosinen, die für den Obstkuchen so unverzichtbar sind!
Natürlich können auch Trauben mit Kernen für Rosinen verwendet werden. Nahezu ein Prozent der gesamten Ernte wird aus der kernhaltigen Muskattraube gewonnen. Sie ist die größte und süßeste Traube, die für die Herstellung von Rosinen verwendet und deshalb von Bäckern sehr geschätzt wird. Die Muskattraube wird – genauso wie die normale kernlose Traube – auf Papier in der Sonne ausgelegt und getrocknet, aber noch einer zusätzlichen Behandlung unterzogen. Die getrockneten Muskatrosinen passieren Rollen, die die Kerne ausdrükken.
Die getrockneten Früchte werden aber noch einem weiteren chirurgischen Manöver unterzogen. Da es aufgrund der runzeligen Struktur sehr schwierig ist, an den Dreck in den Rissen und Spalten – die durch das Pressen und Trocknen entstanden sind – zu kommen, werden die Rosinen vor der eigentlichen Reinigung in heißes Wasser gelegt, damit sich die Runzeln öffnen. Auf diese Weise werden die Rosinen nicht nur von Kopf bis Fuß, sondern, um im Bild zu bleiben, auch hinter den Ohren geschrubbt.

Eingereicht von Henry J. Stark aus Montgomery, New York.

68

BEREITET eine Fliege ihre Landung an der Decke mit einem Looping oder einer Rolle vor?

Folgendes Problem stellt David Bodanis in *The Secret House* fest: »Fliegen verlieren, wie die meisten Flugzeuge auch, den Auftrieb, wenn sie versuchen, mit dem Bauch nach oben zu fliegen, und stürzen ab.«
Wir würden es niemals riskieren, auf ein solch schwerwiegendes Problem zu antworten, ohne uns vorher zu informieren. Dr. M. M. Galloway, Direktor des Canada Biting Fly Centre, gab uns eine klare Auskunft: »Eine Fliege landet, indem sie die Vorderbeine über ihren Kopf hebt, damit die Decke berührt und ihre hinteren Beine nach vorne schlägt und gegen die Decke drückt. Mit einem Wort, sie macht einen halben Purzelbaum.«
Bodanis betont die außergewöhnliche Effizienz dieser Technik: »Sobald die Vorderbeine die Decke berühren, zieht die Fliege in einem wahrlich akrobatischen Akt den Rest ihres Körpers nach und gibt ihm so den Drehimpuls zur Decke hin. Durch dieses Manöver kann sie sich praktisch in einer auf den Kopf gestellten Richtung halten.«

Eingereicht von W. A. Nissen aus Visalia, Kalifornien.

69

WARUM
gibt es die kleinen Löcher rund um Schraubverschlüsse von Cola- und Limoflaschen?

Der einzige Grund für diese Löcher besteht darin, daß der Druck beim Öffnen der Flasche dadurch schneller abgelassen werden kann. Beim Aufschrauben ist es wichtig, diesen Druck, der sich oben im »leeren Raum« der Flasche gebildet hat, so schnell wie möglich entweichen zu lassen; ohne diese kleinen Löcher bestünde die Gefahr, daß die Kappe wegspringt. Jeder, der schon einmal von einem Champagnerkorken getroffen wurde, wird dieser Sicherheitsmaßnahme zustimmen.

Eingereicht von Henry J. Stark aus Montgomery, New York.

70

WARUM werden Militärorden auf der linken Seite getragen?

Der Brauch, Militärorden an der linken Brust zu tragen, läßt sich bis zu den Kreuzfahrern zurückverfolgen, die das Ehrenzeichen über dem Herzen trugen. Ob dieser Platz aus symbolischen Gründen ausgewählt wurde oder um das Herz zu schützen, ist unklar. Was wir wissen, ist, daß die Kreuzfahrer ihre Schilde in der linken Hand trugen, um die rechte Hand für eine Waffe frei zu haben. (Unweigerlich drängt sich die Frage auf: Trugen linkshändige Kreuzfahrer ihren Schild in der rechten Hand und setzten damit ihr Herz dem Feind aus?)

Ursprünglich wurden Militärorden am Halsausschnitt oder an einer Schärpe getragen. S. G. Yasnitzky von der *Orders and Medals Society of America* zufolge änderte sich diese Praxis zu Beginn des neunzehnten Jahrhunderts, als im Verlauf der Napoleonischen Feldzüge zunehmend mehr Orden von den unterschiedlichen Regierungen, die an diesen Kriegen teilnahmen, verliehen wurden. Auch die niederen Stände wurden bei den Auszeichnungen bedacht, die »am Knopfloch« zu tragen waren.

Während der Napoleonischen Ära wurden zahlreiche Allianzen geschlossen, und der rege Austausch von Orden endete schließlich in einer wahren Inflation von Medaillen. Ein guter Soldat konnte nicht nur erwarten,

vom eigenen Land dekoriert zu werden, sondern auch noch von einer Allianz oder gleich zweien. Dies brachte die Knopflöcher zum Bersten. Nur die Schneider waren hierüber glücklich. Was tun?
Yasnitzky verriet, wie diese »Ordenskrise« gemeistert wurde:

> Das Gemeinschaftsgefühl gewann die Oberhand. Niemand wollte diese glänzende Ansammlung goldener und emaillierter Auszeichnungen verstecken. Also wurden verschiedene Methoden ausprobiert. Einige ließen sich vom Juwelier kleinere Kopien machen, um alle Orden auf der Uniform unterzubringen. Andere – und dies wurde die populärere Methode – trugen die Auszeichnungen ihres eigenen Landes hervorgehoben am Knopfloch und befestigten die anderen so, daß sie sich in einer Linie von diesem Knopfloch aus ausbreiteten, die von links nach rechts verlief.

71

WARUM bekommen Fahrradreifen einen Platten, wenn das Rad längere Zeit nicht benutzt wird?

Wenn der Frühling lockt, gehen wir in den Keller und schauen, was unser geliebter Drahtesel so macht, den wir seit dem Herbst nicht mehr benutzt haben. Meistens hat er über den Winter platte Füße bekommen. Warum?

- Die Luft entweicht durch den Ventilschlauch. Auch wenn eine Ventilkappe dazu beiträgt, das Entweichen zu verringern, kann sie es nicht vollständig verhindern. K. L. Campbell, der bei einem Reifenhersteller arbeitet, erklärt uns: »Es gibt keine Stoffe, die völlig gasundurchlässig sind, wenn zwischen außen und innen ein Druckunterschied existiert. Die Wanderung von Gasen, also die Durchlässigkeit, ist um so größer, je größer der Druckunterschied ist.« Das bedeutet, daß der Druck sich in einem Autoreifen im Laufe der Zeit verringert, auch wenn er normal gefahren wird; deshalb muß er in regelmäßigen Abständen kontrolliert und wieder angepaßt werden.
- Die Innenschläuche von Fahrrädern sind poröser als Autoreifen. Es gibt keinen Innenschlauch, der völlig luftdicht hergestellt werden kann. Butylgummi ist die undurchlässigste gummiartige Substanz, die verfügbar ist. (Autoreifen sind mit einem Innenfutter aus Butyl versehen.) Billigere Innenschläuche, die nicht

aus Butylgummi hergestellt sind, sind entsprechend durchlässiger.

- Das tatsächliche Luftvolumen in einem Fahrradreifen ist sehr gering. Es beträgt etwa einen halben Liter und hat einen Druck von etwa fünf Bar, verglichen mit etwa 19 Litern und einem Druck von ungefähr zweieinhalb Bar in einem Autoreifen. Der Luftdruck ist also beim Fahrrad doppelt so hoch wie beim Auto und deshalb auch viel schwieriger zu halten.
- Der Druck im Fahrradreifen fällt mit sinkender Temperatur. Dem Boyle-Mariottschen-Gesetz zufolge gilt für ein ideales Gas bei konstanter Temperatur, daß das Volumen sich umgekehrt proportional zum Druck verhält.
- Ein Auto hat keine Speichen, d. h. der Fahrradreifen ist durch die Beschaffenheit des Rades a priori bereits mehr Gefahren ausgesetzt als der Autoreifen.
- Das Entweichen von Luft ist bei Autoreifen schwerer festzustellen als bei Fahrradreifen. Weder mit dem bloßen Auge noch mit einem kräftigen Zusammendrücken läßt sich der Luftverlust feststellen. Der Grund liegt in Masse und Größe des Autoreifens, der aus vielen geschichteten Lagen besteht, die mit Profilgummi umgeben sind. Ein Fahrrad hingegen hat normalerweise eine Profilschicht und einen Innenschlauch.

Die Fahrradindustrie hat versucht, das Problem der entweichenden Luft damit zu lösen, daß sie Plastikreifen einführte. Sie sind zwar weniger porös, aber auch weniger stoßgedämpft. Das Fahren ist härter.

Eingereicht von Pat Mooney aus Inglewood, Kalifornien.

72

WAS bedeutet M & M?

Zwei Namen – Mars und Murrie, die obersten Bosse der M & M-Süßigkeiten in den frühen vierziger Jahren.

73

Warum haben M & M's keine Nähte?

Als wir begannen, für den ersten Band der Imponderabilien Radiowerbung zu machen, wurden wir mit Fragen über M & M's überschwemmt. Die Leute wollten zum Beispiel wissen, warum die Schokoschicht keine Nahtstelle aufweist.

M & M's erhalten ihren Überzug in einem Verfahren, das als »Schwenken« bezeichnet wird. Die einzelnen Schokoladenstücke werden in eine sich drehende Pfanne gelegt, die aussieht wie ein Wäschetrockner. Während der Rotation wird die Schokolade mit farbigem Zucker besprüht. Anschließend wird kühle Luft in die Pfanne geblasen, damit der Überzug hart wird. Nach der Verdunstung entsteht so die gleichmäßige Schicht einer trockenen Schale, die keine Naht erkennen läßt. Dieser Vorgang wird mehrere Male wiederholt, um die Dicke zu erreichen, die Mars wünscht.

74

WARUM
gibt es mehr M & M's in Braun als in anderen Farben, und wie wird die Quote der Farben festgelegt?

M & M/Mars führt Marktanalysen durch, um solche Fragen exakt beantworten zu können. Die Konsumenten zeigten eine beständige Vorliebe für braune M & M's, so daß das Unternehmen sich entschied, diesem Geschmack Rechnung zu tragen. Letztendlich ist es der Kunde, der die Farben festlegt.

75

WIE entscheiden die Hersteller von Kühlschränken darüber, ob das Gefrierfach nach oben oder nach unten kommt?

Bis in die frühen fünfziger Jahre waren alle Gefrierfächer oben im Kühlschrank untergebracht. Dies war eine logische Anordnung, da der Kompressor, die wärmste Einheit innerhalb des Gerätes, ganz unten so weit wie möglich von der kältesten Einheit eingebaut wurde, entfernt. Offensichtlich war dies die energiesparendste Anordnung. Das Gefrierfach neben dem Kompressor zu plazieren wäre ungefähr so, als würde man eine Klimaanlage neben einen Kamin einbauen.

Seltsamerweise kamen in den späten fünfziger Jahren Kühlschränke in Mode, die das Gefrierfach unten hatten. Ihre Popularität ließ sich am gängigsten damit erklären, daß das Gefrierfach weniger oft benutzt wurde als der übrige Kühlschrank und es deshalb sinnvoll war, die Anordnung unter praktischen Gesichtspunkten zu vertauschen. Eine wahrscheinlichere Erklärung jedoch ist die, daß die Kühlschrankhersteller mit der Einführung der unten liegenden Gefriereinheiten das unverwüstliche Modebewußtsein der amerikanischen Konsumenten ansprachen. Die neuen Kühlschränke machten eine langweilige Anordnung sexy. Zu Zeiten, in denen Autos mit Acht-Zylinder-Maschinen, die auf 100 Kilometer 20 Liter und mehr verbrauchten, gekauft wurden, herrschte für Kühlschränke, die zwar Energie verschleuderten, mit denen man sich aber brüsten konnte, Hochkonjunktur. In ihren besten Zeiten nahmen diese Modelle 50 Prozent des amerikanischen Kühlschrankmarkts ein und waren bis zur Einführung des Kühlschranks, in dem Kühl- und Gefriereinheit nebeneinander, Seite an Seite, lagen, sicherlich für alle, die meinten, über Bildung und Ansehen zu verfügen, die erste Wahl.

Der »nachbarschaftliche« Kühlschrank entwickelte sich rasch zum Renner bei allen aufrechten und aufsteigenden Amerikanern und hat seine Position nicht eingebüßt. Heutzutage haben annähernd 75 Prozent aller Kühlschränke ihre Gefriereinheit oben, 23 Prozent nebeneinander, und nur 2 Prozent haben sie unten.

Erwartungsgemäß wird der Kühlschrank mit der »nachbarschaftlichen« Anordnung vorzugsweise von älteren und wohlhabenderen Konsumenten gekauft, denn er ist um einiges teurer als die beiden anderen Modelle. Der Kühlschrank mit der Gefriereinheit oben wird im Verhältnis mehr von jüngeren und weniger wohlhabenden Käufern erstanden. Der Markt für Geräte mit der Gefriereinheit unten liegt dazwischen.

In der letzten Zeit gibt es über die Frage, wo die Gefriereinheit untergebracht werden soll, unter Kühlschrankherstellern keinerlei Diskussion mehr. Da wir energiebewußter geworden sind, haben die Kühlschränke mit der Gefriereinheit oben die absolute Vorrangstellung.

Eingereicht von Steve Thompson aus La Crescenta, Kalifornien.

SCHIER UNLÖSBARES

NEUN UNGEKLÄRTE IMPONDERABILIEN

Im Leben eines jeden Schriftstellers kommt der Augenblick, da er seine innersten Qualen, Zweifel und Ängste mit dem Leser teilen muß. Wir schämen uns nicht, unsere Seele zu entblößen und zuzugeben, was uns immer von der Realisierung unserer Hoffnungen und Träume ferngehalten hat: der Vorrat des schier Unlösbaren. Die Imponderabilien sind Rätsel des Alltags, für die wir entweder keine definitive Antwort finden konnten; oder aber eine solche, von der wir ziemlich sicher waren, daß sie zutraf, sie aber nicht bestätigen konnten.

1

WARUM sieht man so oft einen einzelnen Schuh am Rande der Fahrbahn liegen?

Nachdem wir diese Imponderabilie ursprünglich in unser Buch aufnehmen wollten, haben wir mit unzähligen Experten gesprochen. Dabei fanden wir heraus, daß Rich Hall dieser Frage ein ganzes Kapitel in seinem Buch *Vanishing America* gewidmet hat, ohne jedoch diese Frage wirklich zu beantworten.

Wir fanden auch noch eine andere mutige Seele, die sich mit diesem Thema befaßt hatte: Elaine Viets, von der *St. Louis Post Dispatch,* die diesem schier unlösbaren Problem zwei Kolumnen widmete. In der ersten stellt sie mehrere plausible Theorien auf, so zum Beispiel, daß streitende Kinder einen Schuh aus dem Auto werfen könnten oder daß das Schuhwerk aus Müllwagen fällt.

Aber als gute Reporterin war Viets mit ihren eigenen Schlußfolgerungen nicht zufrieden. Sie wendete sich an ihre Leser, die ihr mit ihren eigenen Vermutungen auf das antworteten, was man das SSS (Single-Schuh-Syndrom) nennt.

- Es handelt sich einfach um Schuhe.
- Viele vertraten die Theorie, daß Kinder gerne Schuhe aus Schulbussen werfen, entweder im Streit oder aber, um jemandem einen Streich zu spielen.

2

WARUM
knöpfen Männer von links nach rechts und Frauen von rechts nach links?

Die vorherrschende Meinung hierzu führt uns zurück in die Zeiten, als begüterte Damen noch von ihren Kammerfrauen angezogen wurden. Die meisten Menschen sind Rechtshänder. Für sie ist es einfacher, von links nach rechts zu knöpfen, also so, wie es die Männer tun. Die Anordnung der Knöpfe bei Frauenkleidung wurde vermutlich geändert, um der Kammerfrau (die anscheinend Rechtshänderin war) das Zuknöpfen der Kleidung der gnädigen Frau zu erleichtern. Eine andere Theorie besagt, daß Frauen normalerweise ihre Babys im linken Arm halten, wenn sie sie stillen, und es für Frauen daher bequemer war, in der Öffentlichkeit mit der linken Brust zu stillen. Um das Baby vor Kälte zu schützen, bedeckte die Mutter es mit der rechten Seite ihres Kleides oder Mantels. Dies soll die Kleiderhersteller darauf gebracht haben, für Frauen Kleidungsstücke herzustellen, die von rechts nach links geknöpft wurden.

Die letzte Theorie stammt aus der Zeit, in der Männer Schwerter trugen. Ein Mann mußte allzeit bereit sein, zu kämpfen. Seine rechte Hand steckte er in den Mantel, um sie warm zu halten. Er konnte dies nur tun, wenn der Mantel sich von links nach rechts öffnete.

Ehrlich gesagt wirken diese Theorien etwas lahm auf uns und sind ganz offensichtlich veraltet.

3

WARUM fahren Engländer links?

Die Erklärungen, die wir ergattern konnten, sind weitschweifig, angefangen vom Vergleich englischer Eisenbahnen mit italienischen, bis hin zu den Fuhrwerken von Conestoga. Aber es gibt keinerlei und nirgendwo Beweise.

4

WARUM ist Gähnen ansteckend?

Dies war die am meisten gefragte Imponderabilie überhaupt. Und wir haben nur ein paar lahme Theorien parat.

5

WARUM müssen wir niesen, wenn wir in die Sonne schauen?

Ist dies der natürliche Weg, uns davon abzuhalten, in die Sonne zu starren?

6

WARUM
schmeckt der erste Zug an einer Zigarette besser als jeder folgende?

Sogar die Forschungsabteilungen von Zigarettenfirmen konnten uns darauf keine Antwort geben.

7

WARUM
rasieren Frauen ihre Achselhöhlen?

Dieses Phänomen bereitet Gillette zwar viel Freude, aber sie können es nicht erklären.

8

WARUM sind alte Menschen selten wirklich großgewachsen?

Wir wissen sehr wohl, daß die meisten Menschen innerhalb ihres Lebens einige Zentimeter an Größe verlieren und daß die Menschen heutzutage größer werden als noch vor hundert Jahren. Aber man sollte doch zumindest einige überdurchschnittlich große ältere Menschen sehen. Sterben sehr große Menschen vielleicht einfach früher als kleinere? Die großen Versicherungsfirmen wissen keine besonderen Kriterien zu nennen, und auch ein Zusammenhang von Lebenserwartung im Verhältnis zur Körpergröße ist ihnen unbekannt.

9

WARUM scheinen nur ältere Männer haarige Ohren zu haben?

Die Endokrinologen, mit denen wir gesprochen haben, konnten dieses Phänomen nicht erklären.

Danksagungen

Mehr als fünfhundert Menschen haben uns ihre eigenen Alltagsrätsel, ihr Lob, ihre Kritik und ihre Verbesserungsvorschläge geschickt. All dies wissen wir sehr zu schätzen. Ihre Freundlichkeit, Freigebigkeit, Verrücktheit, Neugierde, ihr Enthusiasmus und ihr Humor beflügelten uns. Womit habe ich eine Leserin wie Joana Parker verdient, die mich erst mit charmanten Briefen überhäuft und dann selbst die Antwort für ein verwickeltes Alltagsrätsel aufspürt? Es ist für einen Autor, der gewöhnlich im stillen Kämmerlein arbeitet, eine aufregende Erfahrung, wenn er feststellt, daß er genau das Publikum erreicht, das er gehofft hat zu erreichen.

Allen Lesern des ersten Rätselbandes danke ich herzlich, daß sie dieses Buch möglich gemacht haben.

Rick Kot tat mir, schon lange bevor wir zusammen gearbeitet haben, mehrere Gefallen. Sein allergrößter war, meine Bücher herauszugeben. Rick liebt gutes Essen, mag Popmusik und lacht gelegentlich über meine Witze. Was kann man mehr verlangen? Mein Agent Jim Trupin lacht viel seltener über meine Witze, ist aber ansonsten ein wertvoller Freund und Partner.

An alle meine guten Freunde bei Harper & Row, die mir mit Enthusiasmus und viel Humor begegnet sind, vielen herzlichen Dank für ihre Unterstützung.

Als ich in der wundervollen Welt der Unwägbarkeiten verlorenging, wurde damit meinen unschuldigen Freunden und meiner Familie einiges auferlegt. Ich wollte darüber sprechen, warum Hackbraten in jeder Mensa gleich schmeckt. Sie wollten darüber sprechen, warum Menschen leiden. Ich wollte darüber sprechen, warum man vergißt, daß man einen Hut auf dem Kopf hat, und warum man andererseits das Gefühl hat, ihn immer noch aufzuhaben, obwohl man ihn längst abgenommen hat. Folgende Menschen haben mir im vergangenen Jahr geholfen, meine Gesundheit zu bewahren, während ich mit all diesen unergründlichen Fragen rang: Lori Ames; Judith Ashe; Michael Barson; Ruth Basu; Jeff Bayone; Jean Behrend; Eric Berg; Brenda Berkman; Cathy Berkman; Kent Beyer; Josephine Bishop; Sharon Bishop; Jon Blees; Bowling Green State University's Popular Culture Department; Annette Brown; Herman Brown; Alvin Cooperman; Marilyn Cooperman; Paul Dahlman; Shelley de Satnick; Linda Diamond; Diana Faust; Steve Feinberg; Fred Feldman; Gilda Feldman; Michael Feldman; Phil Feldman; Ray Feldman; Kris Fister; Linda Frank; Seth Freeman; Elizabeth Frenchman; Michele Gallery; Chris Geist; Jean Geist, Bonnie Gellas; Bea Gordon; Dan Gordon; Ken Gordon; Chrystal Henner; Sheila Hennes; Sophie Hennes; Uday Ivatury; Carol Jewett; Terry Johnson; Sarah Jones; Mitch Kahn; Dimi Karras; Mary Katinos; Peter Keepnews; Mark Kohut; Marvin Kurtz; Claire Labine; Randy Ladenheim; alle meine Freunde vom Manhattan Bridge Club; Jeff McQuain; Carol Miller, Julie Mears; Phil Mears; Steve Nellisen; Debbie Nye; Tom O'Brien; Pat O'Conner; Jeanne Perkins; Merill Perlman; Larry Prussin; Lela Rolontz; Brian Rose; Paul Rosenbaum; Tim Rostad; Leslie Rugg; Tom Rugg; Kas Schwan; Patricia Sheinwold; Susan Sherman; Carri Sorenson; Karen Stoddard; Kat Stranger; Anne Swanson; Ed Swanson; Carol Vellucci; Dan Vellucci; Julie Waxman; Roy Welland; Dennis Whelan; Devin Wehlan; Heide Whelan; Laura Whelan; Jon White; Ann Whitney; Carol Williams; Maggie Wittenberg; Charlotte Zdrok, Vladimir Zdrok und Debbie Zuckerberg.

Die Kunde von den »Imponderabilien« wurde von Gästen und Veranstaltern bei Radio- und Fernsehtalkshows und von Zeitungs- und Zeitschriftenredakteuren verbreitet. All ihnen gilt mein Dank, nicht nur für ihre werbliche Unterstützung, sondern indem sie mir halfen, direkt mit meinen Lesern in

Kontakt zu treten. Für ihre Dienste und ihre Freundlichkeit jenseits dessen, was die Pflicht geboten hätte, danke ich besonders: Sally Carpenter; Rick Dees; John Gambling; Alan Handelman; Carol Hemingway; Marilu Henner; Emily Laisey; Dave Larsen; Jann Mitchell; Beth Morrison und Tom Snyder.

Der größte Teil der Zeit, die ich mit der Arbeit an diesem Buch verbracht habe, war der Recherche gewidmet, dem Aufspüren von Antworten. In einigen Fällen fand ich in Büchern wertvolle Informationen, doch das meiste konnte nur mit Hilfe von Experten gelöst werden. Zweifellos hatten die meisten von ihnen Besseres zu tun, als Fragen wie »Warum ist die Banane krumm?« zu beantworten. Trotzdem scheuten sie keine Mühe und leisteten mir bei der Lösung der alltäglichen Rätsel dieses Buches großzügige Hilfe.

Mit ungefähr tausend Leuten habe ich mich in Verbindung gesetzt, um Informationen für dieses Buch zu sammeln, und erstaunlich viele zeigten sich kooperativ. Denen, die mich mit Informationen unterstützt haben oder anonym bleiben wollten, will ich hiermit ebenfalls meinen Dank aussprechen.